Mon roi déchu

DE LA MÊME AUTEURE

Juan Carlos d'Espagne, *Perrin, 2013 ; nouvelle édition réactualisée, Perrin, 2019*

Fille de révolutionnaires, *Stock, 2017 ; Le Livre de Poche, 2019*

Laurence Debray

Mon roi déchu

Juan Carlos d'Espagne

Stock

ISBN 978-2-2340-8836-8

À Émile Servan-Schreiber

« Tout ce qui met en lumière l'effort de l'homme, ne fût-ce que pour la durée d'un jour, me semblait salutaire en présence d'un monde si prompt à l'oubli. »

Marguerite YOURCENAR,
Mémoires d'Hadrien

Prologue

Le 3 août 2020 à l'aube, alors que l'Espagne est plombée par la chaleur, Juan Carlos décide de larguer les amarres, de filer par la petite porte de derrière du palais de la Zarzuela, pour renouer avec l'exil de son enfance. Il s'est déjà débarrassé de sa Couronne six ans auparavant. Il se débarrasse cette fois-ci de son royaume. C'est un homme de quatre-vingt-deux ans, diminué par vingt opérations dont une à cœur ouvert, qui décide de s'effacer. Un roi a-t-il le droit de déserter son pays comme un quelconque soldat fuyant le combat ?

Sous la pression médiatique, gouvernementale, familiale, il n'a pas eu le choix. Trop de scandales, de comptes en banque offshore aux montants astronomiques, de maîtresses. Il n'a pas piqué dans les caisses de l'État ; il a bénéficié de cadeaux et de largesses provenant du roi d'Arabie saoudite et de connaissances fortunées. Au nom de l'amitié ? Ou en échange de services ? Le mystère demeure entier. Il est en tout cas devenu un « père de la nation » réprouvé, une figure encombrante pour son fils Felipe VI, un grand-père peu fréquentable. Condamné par les médias et les réseaux sociaux avant même de passer devant les tribunaux. D'ailleurs, pour l'instant, il n'est pas poursuivi par la justice. Mais il doit expier ses fautes, faire pénitence, disparaître. Une sortie de scène pathétique pour celui qui a démocratisé le pays après quarante ans de dictature, l'a sauvé d'un coup d'État, lui a assuré la plus longue période de croissance de son histoire. Il a fait son temps : l'homme qui a brillé au XXe siècle n'a pas su comprendre et s'adapter au XXIe, et tire sa révérence. Il ne s'est pas conformé au politiquement correct actuel, ni à ses valeurs, ni à ses postures.

Il est désormais inatteignable aux Émirats arabes unis, là où le secret règne, où les paparazzis et les journalistes n'arrivent pas, où le Moyen Âge côtoie la modernité, et où il est accueilli comme un monarque de son rang. Comment ne pas voir dans le choix de cette destination une rebuffade à la bienséance, un ultime affront à l'opinion publique ? Juan Carlos a décidé de tourner le dos à l'Occident et à son éthique. Par dépit sûrement. Par quête de confort matériel aussi. Et, surtout, pour se soustraire à la pression médiatique. Échapper à la diffusion de son image de souverain vieillissant, souffrant, immoral. Une image que le sable du désert peut désormais ensevelir. Le prix à payer en est le déracinement. Juan Carlos n'est plus que le spectateur lointain des affres que traverse son pays. Après avoir été son guide. Est-ce frustrant ou est-ce un soulagement ? À quoi pense-t-il, dans la suite de son hôtel avec vue sur les buildings d'Abou Dhabi, lorsqu'un ministre de l'extrême gauche républicaine insulte son fils au Parlement ou entrave le bon fonctionnement de la Couronne ? Ou lorsque sa famille est réunie sans lui à Madrid pour l'enterrement du fils de son ami d'enfance ? Est-il en proie à l'énervement, à la nostalgie, aux regrets ? A-t-il peur d'affronter la vieillesse loin des siens, ou même de décéder en roi ostracisé ?

S'il devait finalement revenir en Espagne, ce serait en roi déchu, en roi maudit. Que ce soit pour se soumettre à la justice ou à une retraite rangée. On laisse les vieux lions retourner sur leur territoire pour mourir. Même les éléphants ont leur cimetière et les têtes couronnées, leur nécropole millénaire. Mais le mal est fait, des affaires ont été révélées, et l'ombre planera toujours sur lui. Même si les tribunaux ne trouvent aucune preuve accablante. En Espagne, son destin est joué.

Juan Carlos n'aura jamais eu une vie « normale ». Il aura affronté des situations et pris des décisions que nous ne pouvons imaginer. Ou même sans doute comprendre. Derrière le monarque, il y a l'homme, ses angoisses, ses sentiments, ses doutes. Un homme au seuil de sa mort, qui ne semble plus distinguer le bien et le mal, qui a perdu sa boussole. Mais cet homme incarne une bribe de l'Espagne, de l'État espagnol, de son passé. Qu'en restera-t-il après sa disparition ? Le roi n'a pas forgé sa légende, ses compagnons de route sont déjà morts ou sur le déclin. Subsisteront de lointains souvenirs à peine enseignés à l'école, manipulés par des politiciens populistes peu scrupuleux.

En partant, Juan Carlos a emmené avec lui une page exemplaire de l'histoire espagnole, la transition démocratique de velours, souvent oubliée ou galvaudée par une génération d'Espagnols qui ignorent ce qu'ils lui doivent. Le gouvernement actuel, fragile coalition allant de la gauche à l'extrême gauche républicaine, alliée aux indépendantistes basques et catalans, laborieusement obtenue après trois élections, souhaite faire table rase du passé, s'affranchir des vieux héros. La vie privée, dissolue et répréhensible, du vieux monarque, qui a entaché son œuvre politique, ne fait qu'alimenter le discours ambiant. La Couronne est devenue une institution affaiblie, qui doit justifier son utilité jour après jour. La monarchie n'est plus acquise, mais discutée et discutable. Felipe VI tient la barre, avec application et austérité. Il n'a pas encore conquis le cœur des Espagnols mais a gagné leur confiance, vigilante.

En partant, Juan Carlos sort brutalement de ma vie. Depuis plusieurs décennies, j'étudie, scrute, commente son destin. Une page se tourne aujourd'hui. Il est temps de questionner cette relation si durable et structurante que j'entretiens avec lui, cet attachement aussi platonique que fidèle. Qu'est-ce qui peut bien réunir une « fille de révolutionnaires » et un roi ?

Je suis née dans un bain intellectuel et politique – à l'époque les deux étaient liés – français et hispanique. J'ai grandi à l'ombre de penseurs et de dirigeants, de personnages inspirés et inspirants. Je connais du pouvoir les euphories et les désillusions. J'en ai été trop proche pour en être impressionnée. Les têtes couronnées, avec leurs châteaux hantés, leur protocole pompeux et leurs tiares scintillantes, ne me fascinent guère. Les robes longues et les cérémonies officielles ont émerveillé mes yeux de petite fille, mais j'ai fini par en déceler l'ennui et la vanité. Avec lui, c'est différent. Il n'y a aucun glamour associé à

Juan Carlos : pas de châteaux majestueux, pas de cérémonies fabuleuses. En ce sens, il va à l'encontre du stéréotype du roi, il incarne l'antimonarque, celui qui n'est pas écrasé par le poids de la Couronne, ni corseté par ses traditions ou ses obligations. Il avait l'immense avantage d'être beau, jeune, sportif, charismatique, et de régner sur un pays qui m'a conquise pour y avoir vécu une période bénie, une adolescence insouciante, à la fin des années 80, début 90.

Il me redonna confiance en la politique. Il était le héros d'une histoire qui se terminait bien : il avait assuré contre toute attente le passage d'une dictature à une démocratie, d'une monarchie absolue à une monarchie constitutionnelle, pacifiquement et rapidement. Un chef-d'œuvre politique inattendu. J'étais trop habituée aux coups d'État latino-américains et aux déceptions politiques françaises pour ne pas lui en être reconnaissante. Il symbolisait alors la liberté, la vitalité, la modernité. Il était le visage d'une nouvelle Espagne effervescente et joyeuse. Le pouvoir ne menait donc pas toujours aux larmes et à l'amertume.

Derrière ce succès historique, des parts d'ombre m'ont intriguée, des faiblesses, des fêlures, qui entraîneront sa perte. Il a boycotté son aura, comme s'il avait été trop ébloui par son personnage. Comme s'il ne pouvait pas échapper à la fatalité du destin de ses aïeux morts exilés. Finalement, le réel n'est jamais lisse et les contes de fées n'existent pas, même chez les rois. Les saints ne relèvent que de la religion. Dommage. On préférerait s'accrocher à des héros mais on n'a que des hommes à disposition.

Sa vie est un roman ; Juan Carlos est devenu « mon » roman. Il faut bien y mettre un point final. Puisqu'il a décidé de s'effacer avant de mourir, je dois moi aussi conclure.

Voilà son histoire telle que je l'ai perçue.

Il était une fois un prince. Qui fut charmant puis maudit.

Il s'appelait Juan Carlos, ou Juanito pour les intimes.

Il n'était pas exactement prince, il était petit-fils de roi. Mais d'un roi sans royaume, acculé à vivre en exil en Italie. Or, son pays, celui sur lequel ses ancêtres Bourbons ont régné durant trois siècles, est l'Espagne.

Si son grand-père Alfonso XIII n'avait pas perdu sa Couronne, s'il n'avait pas filé juste avant la proclamation de la Seconde République en 1931, notre « quasi-prince » aurait vu le jour dans un somptueux palais de Madrid. Mais il naquit à Rome, dans une clinique. Sans emphase, ni protocole. Il n'est que le fils aîné de l'héritier du trône espagnol, don Juan, et d'une cousine, doña María de las Mercedes, descendante du roi de France Louis-Philippe. Son sang est donc bien bleu. De bonnes fées se sont en plus penchées sur son berceau : il deviendra un joli garçon, élancé, vif, souriant. Il incarne l'espoir d'un avenir royal, mais pour l'heure son pays se déchire dans une guerre civile sanglante et mondialisée, entre les républicains soutenus par l'URSS et les nationalistes aidés par l'Allemagne. Nous sommes au début de l'année 1938, en plein prélude de la Seconde Guerre mondiale que les démocraties européennes feignent encore d'ignorer.

L'Espagne aura son César, ou plutôt son « Césarillon », qui s'appelle Franco, un caudillo sans aucun charisme, mais dont la malice lui permettra de régner tranquillement durant quarante ans. Il désigne comme successeur, en 1969, Juan Carlos, ce play-boy docile, ce militaire appliqué, qu'il a formé depuis l'enfance. Contre toute attente, notre prince falot va devenir un animal politique, transformer le visage de l'Espagne, garantir au pays une stabilité démocratique, le sauver d'un putsch en 1981, le réintroduire sur la scène internationale. À coups de trahisons et de complicités, de larmes et de satisfactions. Car derrière cet exploit politique et une aura sympathique, se cachent des drames personnels. Livré enfant à Franco, ballotté entre deux figures paternelles impitoyables, indirectement responsable de la mort accidentelle de son frère cadet, longtemps marionnette d'un dictateur, méprisé par l'opposition de gauche et sous-estimé des franquistes, usurpateur de son père… Un fardeau lourd à porter et soigneusement dissimulé.

Shakespeare n'aurait pas pu faire mieux. Le bannissement final en est même l'apothéose. Juan Carlos n'est décidément pas un roi comme les autres.

Ouverture

Hiver 2014, Madrid

J'ai trente-huit ans, et lui, soixante-seize. Je suis sa biographe, et lui un chef d'État en perte de vitesse et de popularité.

J'ai passé des années à l'étudier et le théoriser, et lui, à régner. Il était d'abord l'objet de mes recherches, il est devenu « ma » construction, « mon » roi. J'ai analysé sa diplomatie pour un mémoire de maîtrise d'histoire devenu un livre en Espagne, j'ai imaginé ses souffrances et ses intentions dans une biographie. J'ai dépoussiéré des archives, lu les souvenirs de ses compagnons de route, interviewé des hommes politiques. J'ai l'impression de tout maîtriser, de tout connaître sur un homme que je n'ai jamais rencontré. En écrivant ces mots, je me rends compte de l'absurdité de ma position. Je tenais alors à préserver mon objectivité en ne discutant pas avec celui qui emplissait les pages de mes ouvrages. Par peur d'être manipulée, de tomber sous son charme légendaire, de perdre mon libre arbitre, d'être soumise au pouvoir. Et dans ma famille, cela fait trois générations qu'on flirte avec le pouvoir tout en le narguant, que les privilèges et les honneurs ne nous flattent guère, qu'on prétend à une indépendance d'esprit. L'irrévérence comme marque de fabrique, probablement génétique. On critique mieux qu'on ne courtise. Je revendiquais donc la rigueur de mes analyses, logiques, fondées et affranchies. Mais totalement abstraites et théoriques.

L'historien s'empare d'une réalité qu'il n'a jamais vécue, modélise le passé avec ses yeux d'aujourd'hui, grâce aux archives dont la découverte frôle l'extase et que l'interprétation émoustille. Et bien sûr avec en sus un biais personnel, pas forcément affiché. Le mien, je ne l'ai jamais caché : Juan Carlos a été un de mes outils d'émancipation. J'étais fille de révolutionnaires et je n'allais pas tomber dans le panneau de l'admiration du régime castriste ou de n'importe quel autre leader d'extrême gauche. Trop banal, trop facile. Après avoir vu de près les ravages de l'engagement marxiste, passé un été dans un camp de pionniers communistes à La Havane, côtoyé des agents et futurs contre-agents, des exilés latinos à la pelle, je n'en étais pas capable.

La diatribe anti-impérialiste entendue en boucle durant mon enfance m'avait justement poussée à partir aux États-Unis pour travailler dans la finance. On a les rébellions qu'on peut, surtout à vingt ans. Plus jeune, déjà, j'avais tenté de marquer ma différence avec mes illustres géniteurs. Ils se ralliaient à François Mitterrand ; moi, à Juan Carlos. Un président royal contre un roi républicain. L'un déambulait en pardessus bleu marine chez les bouquinistes des quais de la Seine ; l'autre, à moto, la nuit, incognito. Question de style, de génération. Que pouvait bien faire un monarque dans les rues sombres de Madrid, seul, sur une bécane vrombissante ? Il avait une part de mystère romanesque qui m'intriguait. J'avais choisi mon camp.

Lors de vacances madrilènes, j'avais découvert du haut de mes sept ans ce chef d'État au sourire digne d'un acteur de Hollywood, qui venait de sauver son pays d'un putsch. À mon retour, j'accrochai dans ma chambre une photo officielle du roi pour l'aura majestueuse et rassurante qui s'en dégageait. Je n'étais pas en quête de prince charmant. Ma mère m'avait très tôt mise en garde contre les contes de fées, machines conservatrices fabriquées pour soumettre les petites filles à des destins d'épouse docile et de femme au foyer frustrée. J'étais entourée de personnalités solides, engagées, indépendantes, qui avaient souvent dû rigoler au nez de princes charmants. Ce n'était pas les privilèges de la Couronne qui m'attiraient, car je vivais en fière héritière de la Révolution française, mais sa fonction paternaliste, stable, bienfaitrice. Ce qui a cruellement fait défaut aux enfants de parents de Mai 68. Lorsque l'idéologie primait la famille, et la politique, la bienséance. Je devais être en manque d'une figure paternelle honorable et sécurisante. Juan Carlos était le père fondateur de l'Espagne moderne. Il pouvait bien aussi veiller sur moi.

Dans une vaine tentative de me convertir à la cause socialiste, mon père remplaça le portrait royal par celui de François Mitterrand, sourire crispé et rose rouge à la main. Ce fut la raison de ma première fugue. La première d'une longue série. Je n'avais pas une vie de famille très apaisée. Puis ma mère, pour échapper à la mauvaise comédie du pouvoir dans laquelle nous étions englués, eut la bonne idée de déménager à Séville, à la fin des années 80. Ce fut le plus beau des cadeaux. J'exagère à peine : en 1988, l'Andalousie était plus proche, dans ses infrastructures, dans son développement économique, de l'Afrique que de l'Europe. On a depuis oublié le saut spectaculaire que le pays a fait en à peine une décennie, un saut en avant que j'ai mesuré au quotidien. Je goûtai alors à cette Espagne en plein décollage.

Je rencontrai des antifranquistes reconnaissant au roi de garantir la démocratie, je constatai que la manière de vivre le pouvoir était bien différente de chaque côté des Pyrénées. Mitterrand gouvernait « d'en haut » ; Juan Carlos régnait « avec ». On avait coupé la tête de Louis XVI mais les us et coutumes de nos dirigeants gardaient une saveur toute monarchique. En Espagne, le roi mettait un point d'honneur à vivre sans cour ni décorum. Avec des acteurs historiques de la transition démocratique devenus ministres, qui avaient connu l'exil et les menaces policières sous la dictature de Franco, qui avaient fomenté la lutte pour la démocratie au péril de leur vie, et qui pratiquaient le pouvoir dans la simplicité, la gaieté et l'efficacité. Ils ne demeuraient pas cachés dans les palais de la République, allant de réunions en inaugurations. Ils déambulaient, souvent à pied, malgré les menaces oppressantes du terrorisme basque de l'ETA [1], sans fuir le contact direct avec leurs électeurs. Il y avait chez le roi et son gouvernement socialiste une spontanéité joviale, une énergie, fascinantes et communicatives, avec ce même souci de construire une Espagne dynamique.

---

1. « Euskadi ta Askatasuna » est une organisation terroriste basque indépendantiste d'inspiration marxiste-léniniste.

Je fus séduite par ce monarque à l'allure athlétique, qui n'avait de cesse de rompre le protocole, au grand dam de ses services de sécurité, pour s'engouffrer dans des foules enthousiastes, au risque de perdre ses bagues et déchirer son costard. À l'époque, Juan Carlos était un héros. Ce n'est pas seulement le chef d'État qui me conquit mais aussi son pays, accueillant, vivant, chaleureux, où je savourai la liberté, le soleil, les vers d'Antonio Machado et les peintures de Velázquez, les églises baroques et le raffinement des palais mudéjars, l'odeur envoûtante du jasmin et les *saetas* de la semaine sainte. Les Espagnols m'apparurent comme des Français de bonne humeur et heureux de vivre, et les Andalous, des Parisiens sans arrogance ni agressivité. J'avais gagné au change. J'adoptai, durant trois ans, Séville autant qu'elle m'adopta. Et ce lien ne faiblit pas avec le temps, bien au contraire. L'Espagne devint un foyer occasionnel, un refuge permanent, un centre d'intérêt passionnant. Juan Carlos incarnait son pays ; et son pays était à son image. Alors je pris les deux pour en faire ma chasse gardée, mon domaine réservé.

Je me suis servie du roi pour me différencier de mon environnement familial. Comme certaines familles se déchiraient autrefois entre les fans des Rolling Stones et des Beatles. Sauf que chez moi, pour être valable, toute affirmation doit être politique. Alors que je consacrais ma maîtrise d'histoire de la Sorbonne au rôle du roi dans la démocratisation de l'Espagne, mon père publiait *La République expliquée à ma fille.* Juan Carlos fut mon dispositif d'affranchissement. Le problème est que je lui suis restée fidèle, malgré ses égarements, ses affaires, ses maîtresses, sa vieillesse. Est-ce par aveuglement, par mansuétude ? Pour ne pas déboulonner le héros, pour ne pas me remettre en question ? Il n'y avait que son œuvre politique qui m'intéressait ; le reste était accessoire, anecdotique, circonstanciel. Cela lui conférait d'ailleurs une épaisseur, une aura énigmatique. Les coulisses de la Couronne révélaient que Juan Carlos avait ses démons, qu'il était homme avant d'être roi.

Je classais ses écarts de conduite du côté des dommages collatéraux de l'exercice du pouvoir, sans leur accorder d'importance. Aurais-je dû être plus soucieuse de son intégrité ? Je suis le produit de mon environnement. J'ai grandi dans le monde des idées et des concepts de mes parents, des débats et de l'engagement politique, un monde de rigueur et d'austérité. Dans mon entourage évoluaient des hommes, de gauche comme de droite, conquérants et lisses face caméra ; parfois guère recommandables dans leurs mœurs. C'était toléré, admis. Leur vie privée ne concernait qu'eux. Je n'imaginais pas dénoncer leurs faiblesses ou leurs abus de pouvoir. Au mieux, je les évitais, c'est tout. Ma mère et ma grand-mère paternelle, mes modèles, m'avaient éduquée pour que je sois tout sauf une victime, alors je me sentais exempte. Ensuite l'air du temps a changé mais, moi, je ne l'ai pas anticipé. C'est vrai, « un homme, ça s'empêche », pour reprendre les fameux mots de Camus. Juan Carlos, comme beaucoup d'autres de sa génération, ne s'est pas assez empêché. Et il a fini par confondre immunité et impunité.

Si j'avais su plus tôt, aurais-je révisé mon jugement sur le roi ? Rien n'est moins sûr. D'autant plus que déjà des rumeurs circulaient, davantage relayées dans les bars que dans les journaux espagnols. Mais on en rigolait entre deux tapas. L'heure était à la Movida, à la croissance et à l'insouciance. Rien n'entamait l'euphorie de l'époque : il fallait construire le TGV entre Madrid et Séville à temps pour l'Expo universelle de 1992, inaugurer le nouvel aéroport et diverses autoroutes, restaurer les quartiers décrépits avant l'arrivée de touristes, faire des affaires… Alors, que le roi ait des aventures amoureuses comme tous ses ancêtres depuis Louis XIV et rachète la correspondance de son ancienne maîtresse au prix fort pour empêcher sa publication semblait secondaire. Les plus machos aimaient l'idée d'avoir un monarque coureur. Et on ne connaissait aucune femme qui se vantait de lui avoir résisté, bien au contraire. D'autres avaient de la peine pour la reine Sofia, toujours admirable, mais ne remettaient pas pour autant en cause la monarchie. On était tous juan-carlistes, à défaut d'être monarchistes. Le roi veillait sur l'Espagne : il servait de pare-feu à ses tentations destructrices, à la guerre civile, au terrorisme, à la désagrégation nationale, aux coups d'État. Et le pays le protégeait à son tour, passant outre ses incartades amoureuses ou affairistes. Sans qu'il ne l'ait jamais demandé formellement, les médias, le gouvernement, la justice, ses amis, sa famille ne révélaient rien. La loi du silence régnait. Et les Espagnols s'y conformaient. Ils savaient ce qu'ils lui devaient : la démocratie et la prospérité. Le prestige de Juan Carlos déteignait sur le royaume, et vice versa. Tout allait bien pour l'Espagne, même trop bien. Et tout allait trop bien aussi pour ce « roi camarade », qui laissait les concerts de musique classique à Sofia, la « reine professionnelle », pour bavarder avec des sportifs, des politiques, des chefs d'entreprise. Sa marque de fabrique : les bons mots, les blagues, les coups de gueule. Les Espagnols appréciaient ce caractère charismatique, exubérant, mais si peu royal finalement… La pompe et le protocole le barbaient, corsetaient sa spontanéité et sa vitalité.

Les années passant, ses problèmes de santé ombragèrent son caractère bien trempé ; ses caprices et ses faiblesses devinrent plus flagrants. Il ne s'accommoda pas du rôle de vieux monsieur rangé et assagi aux huit mignons petits-enfants. De loin, je l'ai vu adopter un pas plus hésitant, prendre de l'embonpoint, s'ennuyer, sortir de ses gonds face au leader vénézuélien Hugo Chavez avec son fameux : « *¿Porque no te callas*[1] *?* », en plein sommet ibéro-américain, alors que ce dernier était lancé dans une longue diatribe délirante. Il osait dire tout haut ce que nous pensions tout bas. Mais la vieillesse visiblement le contrariait.

« Pourquoi voulez-vous absolument me flanquer dans une boîte en pin ? » avait-il rétorqué, excédé, à des journalistes trop curieux et insistants sur son état de santé. Ces esclandres me divertissaient. Ils donnaient une saveur toute théâtrale à ses apparitions, qui tranchaient avec la langue de bois ambiante. Il avait décidément du mal à se contenir. Le roi avait ses humeurs. Il ne cachait pas sa personnalité derrière une communication maîtrisée et factice. Nous aurions dû comprendre que rien ni personne ne l'arrêtait,

1. « Pourquoi tu ne la fermes pas ? »

qu'il se permettait trop d'écarts, mais son *don de gentes*, son humour, son aura compensaient ces égarements. Finalement, il nous faisait rire. Et il faisait de nous ses complices.

Lors de son voyage officiel en France en 1993, il fut reçu par Philippe Seguin à l'hôtel de Lassay, résidence du président de l'Assemblée nationale, qui l'accompagna ensuite vers l'hémicycle où il était attendu. Philippe Seguin le fit passer par le souterrain construit par Lucien Bonaparte, le frère de Napoléon, pour rejoindre en toute discrétion sa maîtresse, Alexandrine de Bleschamp, installée place du Palais-Bourbon. « Mais vous habitez une garçonnière ! » lança-t-il à Seguin d'un air faussement outré lorsque ce dernier lui expliqua la spécificité historique des lieux. Et, alors qu'il s'apprêtait à entrer et qu'un roulement de tambour annonçait son arrivée, lui, le descendant de Louis XVI, lui demanda : « Qu'est-ce qui m'attend maintenant, la guillotine ? »

L'intellectuel Jorge Semprun m'avait rapporté cette scène qui me fit rire aux éclats pendant longtemps. On m'accusera d'indulgence. J'étais aussi nostalgique des repas toujours animés avec mes grands-parents paternels lors desquels des saillies à la Sacha Guitry fusaient, cet « esprit français » que je ne retrouve plus nulle part. À l'issue de son discours prononcé à l'Assemblée nationale, Juan Carlos vint s'enquérir auprès de l'écrivain franco-espagnol, à la belle tignasse blanche et aux yeux rieurs : « Alors, chef, je n'ai pas trop abîmé ton texte ? » Semprun, le résistant et le militant communiste, l'immense auteur et le scénariste de grands classiques, qui avait été au rendez-vous de tous les grands combats politiques de l'après-guerre, était un admirateur de Juan Carlos qu'il avait côtoyé en tant que ministre de la Culture. C'était ça l'Espagne de l'époque, l'Espagne que j'ai connue : même les communistes, des « *republicanos de toda la vida* [1] », aimaient le roi au point de devenir des monarchistes conjoncturels, c'est-à-dire des juan-carlistes. Je pèse mes mots : ils aimaient Juan Carlos.

Un roi relève du cœur, tandis qu'un président ou un chef de gouvernement relève de la tête. En France, on soutient un candidat, on apprécie le discours d'un dirigeant, et au mieux on se retrouve dans un meeting. Le lien est intellectuel et moral. Est-ce lié au procédé de l'élection ? En Espagne, la relation avec le roi était entière, amicale, directe, parfois même passionnelle. Les Espagnols le tutoyaient, parlaient de lui comme d'un cousin. Et une certaine gauche a eu le béguin pour lui, un vrai coup de foudre, pour ce militaire éduqué par Franco, pour ce rejeton

1. « Républicains de toujours ».

d'une famille royale méprisée, pour ce play-boy sympathique mais sans bagage intellectuel. Même les plus obtus n'ont pas pu lui résister. Il était comme l'icône d'une religion païenne. Autrefois, la monarchie était le régime d'une classe sociale, associée à une certaine politique et des privilèges. Juan Carlos en a fait le régime de tous. Sous ses auspices, les ennemis de la guerre civile purent enfin se réconcilier. Les éclats de rire célébraient cette nouvelle entente, promesse d'avenir, et cette confiance à toute épreuve. Même à l'épreuve du feu.

Le 23 février 1981, à 18 h 23, le lieutenant-colonel Tejero, coiffé de son tricorne de la garde civile et tirant des coups de feu, prit en otage le Parlement et le gouvernement, avec cent quatre-vingts hommes armés. Le plus prestigieux des généraux impliqués, Milans del Bosch, sortit les blindés dans les rues de Valence. Les Espagnols, résignés et apeurés, restèrent planqués chez eux. Le pays n'opposa majoritairement que le silence aux armes. Le roi, chef des armées, est alors le seul arbitre. Nul ne sait s'il va soutenir ou non la tentative de coup d'État. Il a le destin de l'Espagne entre ses mains.

Jorge Semprun, invité du journal télévisé de 20 heures français, déclare être persuadé que le roi va se ranger du côté de la Constitution. Ils ne sont pas nombreux à en être si certains. À 1 h 15 du matin, Juan Carlos apparaît sur les écrans pour désavouer le putsch. Après une nuit de négociations, il obtiendra finalement la reddition des rebelles, et la libération des députés et des ministres, après dix-huit heures de détention. « J'obéis aux ordres de Sa Majesté ; mais c'est vraiment dommage », déclare un haut gradé, déçu par l'instabilité gouvernementale, la régionalisation, le terrorisme. Semprun aura toujours fait confiance au roi. Dorénavant, l'Espagne entière lui fera tout aussi confiance. Jusqu'à ce qu'une chasse à l'éléphant, en avril 2012, y mette un terme. La réputation tient finalement à peu de chose.

Une sévère récession économique, qui débuta en 2008, sonna la fin des années de fête, de tolérance et de boutades. Ce fut un choc : les Espagnols croyaient que la croissance serait éternelle. Là fut sans doute le quiproquo originel entre le pays et Juan Carlos, le début de la descente aux enfers pour l'Espagne et pour le roi, puisque finalement leurs destins étaient liés. La presse s'émancipa : les cas de corruption, concernant tous les partis et toutes les régions, éclatèrent les uns après les autres. Est-ce l'aspect systématique des magouilles qui choqua ? Ou est-ce ceux qui n'en bénéficièrent pas qui s'en offusquèrent ? Lorsque j'habitais Séville, le rapport des Andalous avec l'argent m'avait beaucoup surprise. Il fallait d'abord profiter de la vie avant de penser à épargner, et tout négocier, pas par souci d'économie mais pour entamer une relation. Au café, je pouvais partir sans régler ma consommation si j'avais oublié mon portefeuille, et la payer le triple le lendemain. Les additions étaient rarement justes. C'était approximatif, tout comme les horaires, et dans le fond insignifiant, par rapport au foot, à la semaine sainte, la Feria ou Miguel de Cervantès. L'argent circulait et on finissait toujours par s'arranger. Avec le chômage massif et la crise économique, cette mentalité désinvolte laissa la place à la rancœur et aux règlements de comptes. La morale fit volte-face. La famille royale ne fut pas épargnée : le « gendrissime » Iñaki Urdangarín terminera en prison pour détournement de fonds publics. Son épouse, l'infante Cristina, la fille cadette de Juan Carlos, se retrouvera devant le juge pour fraude fiscale. La dignité royale en prit un coup. D'autant plus que le roi, présumait-on, avait su, couvert et même aidé ces malversations, tout en appelant à « une justice égale pour tous ». La méfiance et la désillusion s'emparèrent des Espagnols, las de l'incohérence entre le discours officiel et les actes. Mais le coup final, l'estocade, sera la fameuse chasse à l'éléphant.

Alors que Juan Carlos déclare que « le chômage des jeunes [l]'empêche de dormir », l'Espagne le retrouve un mois plus tard dans un lit d'hôpital madrilène, rapatrié d'urgence du Botswana pour une opération de la hanche, suite à une chute accidentelle. Les Espagnols découvrent brutalement la face cachée du roi : sa maîtresse germano-scandinave de vingt-six ans sa cadette, Corinna Larsen, ses activités désuètes dignes d'un autre siècle et si peu politiquement correctes, son train de vie au coût prohibitif, même si Juan Carlos était invité par une fréquentation d'origine saoudienne. Un tableau en décalage complet avec l'image qu'il avait donnée jusqu'à présent d'un monarque à l'existence simple, à laquelle les Espagnols pouvaient s'identifier, d'un roi bourgeois, sportif, bon vivant. Le pays se sent floué. Exsangue à cause de la crise, il ne le lui pardonnera pas. Ce ne sont pas ses mots bredouillés à la sortie de l'hôpital – « Je suis désolé, j'ai commis une erreur et cela ne se reproduira plus » – qui répareront le lien sacré. Et d'ailleurs, un roi peut-il demander pardon comme un enfant tente de faire amende honorable devant ses parents ? Comme soulignerait la reine Elizabeth II d'Angleterre : « Il ne faut pas faire ou dire, il faut être. »

Voir sa déchéance en direct, à soixante-quatorze ans, m'impressionna. Son visage bouffi par les médicaments, son expression embarrassée, et l'usage désormais systématique de béquilles pour marcher : il était le déclin incarné. Le désamour des Espagnols, radical et irrévocable, se révéla à la hauteur de l'attachement autrefois prodigué. Que lui restait-il ? Sans dignité, sans l'estime de son peuple, pas grand-chose, à part sa légende. Qu'il n'avait jamais façonnée.

Il a trébuché en pleine nuit et son règne s'est effondré. Sans ce faux pas, l'histoire aurait été tout autre. N'y avait-il pas eu un conseiller pour l'empêcher de partir à un safari alors que l'Espagne frôlait les 25 % de chômage ? Avait-il perdu son flair politique légendaire, sa connexion avec le pays ? Sa vie privée devançait-elle ses responsabilités publiques ? Mon besoin de comprendre l'emportait sur la déception. Ce rebondissement ne faisait qu'alimenter mon hypothèse d'un destin hors du commun, d'un goût du risque incommensurable, de parts d'ombre lourdes à porter. Terminer en grand-père assagi jouant aux cartes avec sa royale épouse dans un des salons du palais n'aurait pas collé à l'image d'une fin de règne que j'imaginais romanesque. Mais sans doute pas à ce point. Il était décidément plein de surprises. Celle-là ne serait d'ailleurs pas la dernière.

Il vécut une longue traversée du désert faite d'opérations chirurgicales en série plus ou moins réussies, de séances de rééducation interminables, de solitude, de douleurs. J'ai toujours vu mes parents rester fidèles à leurs amis dans les moments de crise. Quand untel se retrouvait à l'hôpital ou au cœur d'une polémique, il fallait le fréquenter plus que d'habitude. Et surtout ne jamais se joindre aux lynchages collectifs. J'ai réagi pareil pour le roi, comme je l'aurais fait avec une vieille connaissance. En cas de problème, les courtisans n'accourent guère. L'impopularité isole. Ne serait-il pas ravi qu'on vienne le voir, qu'on s'intéresse à lui pour autre chose que ses frasques ? J'étais aussi enfin disposée à sortir de la théorie. Après une biographie, j'étais arrivée au bout de mes hypothèses, de « ma » vérité. Et si finalement elle résidait davantage dans le fond de ses yeux que dans les archives ?

I

Le palais de la Zarzuela

Fin 2013

1

L'air est pur et frais à une quinzaine de kilomètres de Madrid. Ne pas vivre dans la pollution est peut-être le premier des privilèges. C'est en tout cas celui de Juan Carlos. C'est ce que je me suis dit en arrivant au poste de contrôle. Une guérite tenue par des soldats au milieu de nulle part. Un immense drapeau espagnol est le seul indice d'officialité. Je guette une voiture accréditée pour entrer dans le domaine. Et lors de ces longues minutes d'attente dans le froid, loin de tout, au milieu de pins et d'oliviers à perte de vue, je tergiverse. Une petite voix intérieure me taraude : qu'allais-je faire dans cette galère ? N'étais-je pas en train de trahir les valeurs familiales, de trahir mon travail ? Qu'aurait pensé de moi ma marraine Simone Signoret en me voyant poireauter là pour demander les faveurs de ce roi, successeur désigné par un dictateur ?

Elle fut l'instigatrice, en septembre 1975, d'une opération de protestation contre le régime de Franco qui venait de condamner à mort deux militants de l'ETA et trois membres du FRAP[1], considérés à l'époque comme d'honorables opposants au franquisme. Quinze gouvernements européens rappelèrent leurs ambassadeurs, des manifestations sévirent devant les ambassades d'Espagne du monde entier, le pape appela à la clémence. Et, sur l'injonction de Simone, son mari Yves Montand, son complice Costa-Gavras, Claude Mauriac, Michel Foucault, Jean Lacouture, et Régis Debray, mon père et son protégé, débarquèrent à Madrid et convoquèrent une conférence de presse pour s'insurger contre le Caudillo et lire la pétition signée par toute l'intelligentsia du Quartier latin. Ce bastion dictatorial, aux portes de la France, soutenu par les Américains, était devenu insupportable aux yeux d'intellectuels engagés, cette fois bien décidés à s'occuper de leurs voisins plutôt que de contrées plus lointaines. C'était peut-être pour se racheter une conscience après la lâcheté du Front populaire

1. Front révolutionnaire antifasciste et patriote, organisation active de 1971 à 1976.

à l'égard des républicains en 1936, qui précéda le piteux accueil offert aux réfugiés espagnols fuyant la guerre civile, parqués dans des camps de concentration ? Résultat de ce tintamarre : les journalistes espagnols venus écouter la bien-pensance française furent coffrés, et la brochette d'agitateurs français remise sans ménagement dans un avion retour. Cela n'empêcha évidemment pas Franco de commettre ce qui serait son dernier crime politique : les cinq prisonniers politiques furent exécutés. Et l'Espagne s'isola encore plus du monde.

Le vieux despote s'était muré dans le silence. « Ce que pense le général Franco, le Caudillo lui-même ne le sait pas », disait-on alors. Aux côtés de ce dictateur de plus en plus tassé par l'âge et la maladie, à la voix de plus en plus frêle, presque inaudible, se tenait Juan Carlos, jeune, grand, imperturbable et silencieux. Sur les images d'archives, il est là, derrière son protecteur et tuteur, impassible alors qu'une foule les acclame avec le salut fasciste. Une mascarade digne des années 30. Nous sommes le 1er octobre 1975, trente-neuvième anniversaire du régime. L'expression terne et soumise de Juan Carlos me reste en tête. À quoi pense-t-il à ce moment-là ? Face à cet afflux de fanatiques aux bras levés, il doit bien être saisi par une inquiétude ou une émotion. De l'angoisse ? De la résignation ?

De l'indifférence ? La question me taraude et j'espère la lui poser. Malraux, Bernanos, « l'Holocauste espagnol »... Au gré de mes études et de mes recherches, la guerre civile, ce prélude à la Seconde Guerre mondiale, m'a longtemps habitée. Son souvenir fut entretenu durant quarante ans par la propagande franquiste. Comment Juan Carlos, cet homme alors si effacé et à la mine sinistre, a-t-il pu sortir le pays de sa spirale mortifère ? Deux mois après ce rassemblement, Franco mourra, lui laissant les commandes.

Plongée dans ces réflexions, je me rends soudain compte que je suis en territoire « ennemi ». Je me souviens d'une évidence : le palais du Pardo, où résida Franco, est à proximité immédiate, et celui de Juan Carlos, la Zarzuela, fut choisi et restauré par la femme du Caudillo, Carmen Polo, pour le jeune prince. J'aurais pu l'anticiper évidemment, j'aurais même dû. Ce n'est que face à l'obstacle que j'en prends conscience, que tout prend corps. Il ne s'agit plus d'abstractions tirées de livres, mais de lieux incarnés. Impossible de reculer, la voiture officielle m'attend. Suis-je en train de me compromettre ?

2

Entre les arbres, des daims sautent partout. C'est *Bambi* à la Zarzuela. Je n'en ai jamais vu autant, ni de si près. La brume matinale donne une touche fantasmagorique au spectacle. La voiture monte doucement une route tortueuse qui se faufile entre des chênes centenaires. Cette lenteur me donne le temps de me transposer dans un autre monde : là où le silence du vent règne, où une atmosphère paisible s'impose. L'hystérie ambiante dans laquelle je baigne, celle de la circulation, de l'agitation de la politique, de l'affolement des médias, n'arrive pas jusqu'ici. Comme si l'éloignement physique constituait un barrage au court-termisme, à l'effervescence, au désordre.

Je distingue à droite la villa où réside Felipe, alors prince des Asturies, une construction moderne à la toiture rouge cachée par des cyprès. Après quelques virages et le salut d'un garde au profil de statue grecque, j'arrive au sommet, devant une longue façade blanche épurée. Rien d'ostentatoire, hormis la vue, impressionnante. Des couleurs bleues, vertes, au loin, tamisées par le brouillard. Je suis immédiatement prise en charge par un ballet harmonieux de portier, majordome, secrétaire qui s'affairent en silence. Et décontenancée par la lumière blanche des néons associée à des lampadaires halogènes dignes des années 80, les tentures au ton beige, le mobilier qu'on retrouve dans les hôtels Hilton défraîchis, les rideaux tristes et les quelques croûtes au mur. Pas de risque de devenir mégalomane dans un environnement pareil.

Cette aile de bureaux a été construite au début du règne de Juan Carlos pour accueillir les employés de la Maison royale. Depuis, ils n'ont pas dû penser à revoir la décoration de ces grandes salles de réunion froides et fades. J'imagine qu'ils ont réservé le faste pour les salons de réception et les bureaux de la famille royale, dans la partie centrale du palais. Je ne tarderai pas à découvrir que la déco intérieure n'est pas vraiment la spécialité de ces Bourbons d'Espagne.

Trop habituée aux palais de la République française, je supposais que partout dans la vieille Europe les organes de l'État étaient logés à la même enseigne. Petite fille, je me rendais à l'Élysée, au « bureau de papa », pour y passer des week-ends lorsqu'il était de garde, ou le retrouver après ses longs voyages. Les fêtes de Noël organisées pour les enfants du personnel étaient le summum des réjouissances de l'année. Puis les réceptions ou les réunions dans les ministères m'ont accoutumée aux dorures des hôtels particuliers XVIIIe, au mobilier ancien, aux lustres imposants, aux lourds rideaux cramoisis, aux tapis des Gobelins. Un cadre somptueux sans être intimidant, vitrine de l'histoire de la France, de son savoir-faire, de son patrimoine. En somme, tout ce qu'il faut à un pays pour tenir son rang, même celui de nation reléguée en deuxième division. Alors, à la Zarzuela, chez un roi, j'étais désappointée. J'espérais au moins voir des toiles de maîtres et des sièges tapissés de soie. Mais il n'y avait pas même un bouquet de fleurs pour faire illusion. La Maison royale n'a pas de budget fleuriste et aucun décorateur n'a dû être sollicité. Des préoccupations sans doute secondaires lorsqu'on doit construire une démocratie.

Je confiai à Juan Carlos mon dépit. « C'est vrai que le président de la République française habite dans un plus beau palais que moi ! » me répondit-il dans un éclat de rire.

Les Espagnols seront peut-être choqués par ces propos. Beaucoup sont persuadés que la famille royale vit dans un luxe injustifié. Ce n'est que par la grâce de leur naissance, et non de leur mérite, qu'ils ont droit à des chauffeurs, aides de camp, cuisiniers, qu'ils peuvent bénéficier de résidences historiques et dormir dans une chambre plus confortable que la moyenne de leurs concitoyens. En contrepartie, ils ont quelques devoirs à accomplir, plus ou moins fatigants et chronophages, relevant de leur rôle institutionnel – inaugurer des chrysanthèmes, présider des fondations –, ce qui laisse le temps au gouvernement de gouverner. Leur mission est avant tout d'être aimés et respectés.

La relation entre le monarque et son pays repose sur un mystérieux attachement dont la formule magique n'est pas entièrement rationnelle mais dans lequel l'exemplarité est devenue un élément fondamental. Au sein de cette famille de privilégiés, certains n'ont pourtant pas réussi à être irréprochables. Le sang bleu n'est pas gage de dignité. Toutes les maisons royales à travers les âges ont eu leurs princes déshonorants, excentriques ou éclairés. Leur pouvoir actuel, constitutionnellement limité, se résume dans l'incarnation et la représentation via une grandeur ritualisée, codifiée. Que leur reste-t-il quand il n'y a plus de préséance, ni de salons fastueux ?

Une énième anecdote me revient. Le fil rouge de l'Histoire est tissé de petites histoires, quiproquos, actes manqués, coïncidences. Lors de la visite officielle du président Valéry Giscard d'Estaing à Madrid, en 1978, le roi offrit à son hôte un dîner. Juan Carlos était tellement ravi de recevoir pour la première fois un chef d'État européen venu parrainer ses efforts de démocratisation qu'il tint à mettre les petits plats dans les grands. Mais selon ses propres aveux, le résultat fut « catastrophique » : la soupe est chaude au lieu d'être froide, le poisson est froid au lieu d'être chaud, le service est lent. L'intendance de la Maison royale n'était pas rodée aux réceptions et ne se montrait pas à la hauteur de la tâche. Juan Carlos en rit et dans le fond s'en moque.

À l'issue de son séjour espagnol, Giscard donna à son tour une réception somptueuse et raffinée. Il était venu de Paris avec des mets exquis et une cave exceptionnelle. Santiago Carrillo, invité aux deux cérémonies en tant que secrétaire général du Parti communiste, et ancien résident français lors de son long exil sous Franco, se sent humilié. Lui, ce fils d'ouvrier syndicaliste, typographe, enrôlé à vingt et un ans comme capitaine dans les rangs républicains durant la guerre civile, un homme sobre et sérieux, entièrement dévoué au PC. Comment ne pas y déceler une réminiscence de la soirée de Fouquet au château de Vaux-le-Vicomte qui mortifia tant Louis XIV ? Carrillo interpelle le chef de la Maison royale : « C'est une honte, on dîne mieux à la table d'un président français qu'à celle du roi d'Espagne. Il ne faut pas que ça se répète. Le prestige de notre monarchie est en jeu ! » Le PC aurait alors pu s'appeler le « *Real Partido comunista de España* »...

C'était une époque où la gauche radicale défendait l'État et ses institutions. Aujourd'hui, elle tente plutôt de les déconstruire. Ou est-ce parce que l'État est si affaibli qu'il se délite facilement ? La monarchie espagnole est la clef de voûte de la démocratie. Et comme le saisit le leader historique du PC, elle doit aussi susciter une fascination et une magie qui la justifient. Il en va de l'honneur de l'Espagne. La Couronne incarne le pays, comme la façade d'un immeuble ou la vitrine d'un magasin. C'est une image de marque qui doit inspirer rêves et égards.

Seulement trois ans avant ce dîner officiel, Carrillo croupissait en prison. Il était rentré illégalement en Espagne avec une perruque et un faux passeport français au nom de Giscard ! Il deviendra « don Santiago », le meilleur allié politique de Juan Carlos et un ami, reçu avec respect et gratitude au palais, alors que certains franquistes irréductibles le traitent encore ouvertement d'assassin. Il avait le privilège rare d'être vouvoyé par le roi, marque de respect à laquelle il tenait. « Je savais que les Bourbons avaient l'habitude de tutoyer tout le monde, et cela me semblait une réminiscence d'une époque où il n'y avait pas de citoyens mais des vassaux », justifiait-il. Alors que lui avait prénommé le roi « Juan Carlos le Bref » à son intronisation en 1975, doutant publiquement de son quotient intellectuel. Pourtant, en trois ans, à coups de compromis, réunions secrètes, improvisations et tours de force, une alliance miraculeuse allait se construire : le communiste et le monarque tournèrent le dos au passé pour ne pas trahir le présent.

Trente-cinq ans plus tard, à l'annonce du décès de Carrillo le 18 septembre 2012, Juan Carlos, accompagné de son épouse Sofia, sont les premiers à arriver au domicile du dirigeant pour présenter leurs condoléances à sa veuve et ses trois fils. Comme s'il s'agissait d'un frère, d'un meilleur ami. Un empressement royal soulignant une complicité sincère et indéfectible. « Il fut une personne fondamentale dans la Transition. Et une personne que j'ai beaucoup aimée », déclare alors le roi à la presse. Un monarque et un communiste : relation improbable, magnifique. Deux opposés qui s'attiraient comme des aimants.

C'est en assistant, en janvier 2014, à une cérémonie officielle que j'ai compris. Le palais de la Zarzuela est le siège du chef de l'État et sa résidence privée. Juan Carlos en parle encore aujourd'hui comme de « [sa] maison ». On y distingue une aire de jeux, qui a dû servir aux petits infants, pas loin de l'entrée d'honneur. Et les appartements privés sont séparés par une simple porte des bureaux. Le faste et le cérémoniel sont réservés au palais royal historique du centre de Madrid, le palais de l'Orient, imposante construction néoclassique commandée par Philippe V, le premier Bourbon d'Espagne. Petit-fils de Louis XIV, il a grandi à Versailles et comptait bien asseoir son autorité par l'ostentation. « Tu auras un palais bien plus beau que le mien [les Tuileries] ! » aurait dit Napoléon à son grand frère José Bonaparte lorsqu'il le plaça sur le trône d'Espagne. Tout y est : la cour d'honneur, l'escalier de marbre encadré par les *alabarderos*[1], le salon du trône rococo dominé par une fresque de Tiepolo. Un apparat monarchique dans lequel Juan Carlos s'engouffre comme un acteur entre en scène.

Il endosse son costume de souverain et surgit, sans même être annoncé, suivi de près par la reine Sofia, rayonnante. Elle est née dans un palais et ça se voit : une aisance, un naturel, à porter une robe de gala en plein après-midi,

1. Soldats armés de hallebardes.

à supporter les crépitements des flashes sans sourciller, à sourire à des inconnus comme s'ils étaient ses meilleurs amis, et même à serrer impassiblement les mains de ceux qui la méprisent. Elle est chez elle au milieu de ces tentures cramoisies qui se reflètent dans d'immenses miroirs baroques. Le couple princier, Felipe et Letizia, veille à rester toujours à quelques mètres de distance. La chorégraphie est bien rodée, le protocole millimétré. Letizia est si fine qu'on se demande comment, juchée sur d'immenses talons, elle ne se casse pas en mille morceaux. Elle contrôle ses états d'âme, soucieuse de ne pas commettre d'impair, et Felipe sourit pour deux, décontracté. Le métier de princesse ne s'apprend pas si facilement. Quand on a été élevée au sein d'une famille de syndicalistes républicains, quand on a travaillé dur pour devenir présentatrice télé, comment croire en ce nouveau rôle de figuration monarchique ?

Juan Carlos, malgré sa canne, accomplit son devoir d'un pas pressé : il salue les autorités, agencées en rangs, comme à l'école. Il lit son discours, écrit en gros et bien éclairé. Il ne veut pas porter de lunettes. Par coquetterie sûrement. Il faudrait quand même lui dire que ce n'est pas déshonorant d'avoir l'air d'un intello ! On sent poindre de la lassitude et de l'empressement.

Combien de discours aura-t-il faits dans sa vie ? Combien de mains aura-t-il serrées ? Il ne doit pas le savoir lui-même. Trente-huit années de fonction officielle, de représentation, d'inaugurations qui se ressemblent, et doivent sembler une éternité. Il touche un mot à chaque convive puis s'éclipse, suivi du reste de la famille. *El jefe* [1], comme on l'appelle à la Maison royale, sonne le départ. Les autres, obéissants, quittent les lieux derrière lui. L'ordre, la rigueur, l'autorité dominent cette partition bien ficelée. La Couronne est une institution hiérarchique, autant que l'armée ou l'Église.

Témoin de ce spectacle, je saisis mieux pourquoi Juan Carlos a voulu se préserver en résidant à l'écart de la représentation monarchique. Le dernier monarque à avoir vécu au palais fut son grand-père, Alfonso XIII, celui-là même qui déguerpit en 1931 après que des élections municipales eurent confirmé la victoire des républicains dans les grandes villes, contrairement au reste du pays, rural, fidèle à la monarchie. Prélude à la proclamation de la Seconde République. Ses appartements sont demeurés intacts après son départ. Franco n'a jamais osé y toucher. Il respectait trop l'institution pour se permettre de s'y installer. Cette précaution ne l'empêchera pas de s'arroger

1. Le chef.

des prérogatives royales, telles que l'attribution de titres nobiliaires. Après tout, l'Espagne était restée un royaume, une monarchie sans souverain dont il était l'unique guide, fidèle garant de la tradition catholique et monarchique. En gagnant la guerre civile, Franco avait récupéré à son profit l'usufruit de la Couronne. Mais la décence lui interdira de dormir dans le lit d'Alfonso XIII qui précisa, amer et lucide, de son exil à Rome : « J'ai choisi Franco quand il n'était personne. Il m'a trahi et trompé à chaque fois. » Le Caudillo élira domicile dans un autre palais royal, un ancien pavillon de chasse, plus calme, le Pardo, hors de la capitale. Chaque régime instaure son lieu de pouvoir.

Le jour où il nomma officiellement Juan Carlos son successeur, en 1969, après une mise à l'épreuve de sept ans, il fit accrocher dans le bureau du futur souverain un portrait d'Alfonso XIII, vêtu du bleu de la cavalerie et coiffé d'un casque à pointe. Il y était encore lors de mon entretien avec lui, en 2014. Curieux choix que ce portrait en militaire. Franco voulait-il rappeler à Juan Carlos qu'il devait être monarque autant que chef des armées ? Dorénavant, ce grand-père, qui avait renoncé à sa Couronne mais pas à ses droits dynastiques, veillerait sur son petit-fils. Je me demande si Juan Carlos pensa à lui les jours où il décida d'abdiquer, ou de s'expatrier, comme lui. Évidemment, les circonstances historiques étaient bien différentes, mais il renouait quand même avec le destin tragique de son aïeul. Comme rattrapé par une certaine fatalité familiale. Felipe a-t-il depuis fait enlever ce tableau du bureau pour éviter les mauvais augures ?

Lorsqu'en 1975 Juan Carlos fut intronisé roi, beaucoup le pressèrent de réintégrer la résidence traditionnelle de la Couronne, le Versailles espagnol en plein centre de la capitale. Immense et décrépit, cela signifiait des dépenses trop lourdes pour un pays en pleine crise économique et redéfinition politique. Et Juan Carlos, fin gastronome, m'expliqua que la distance entre la cuisine et la salle à manger était tellement grande qu'on mangeait toujours froid au palais de l'Orient. Les rois ont de vrais problèmes d'intendance…

Juan Carlos s'est habitué à conjuguer vie familiale et vie professionnelle à la Zarzuela. Au début de son règne, des visiteurs racontaient qu'on pouvait trouver le jeune Felipe allongé sur le dallage, récupérant ses billes, ses sœurs sur les épaules de leur père, qui servait lui-même les boissons à ses invités venus pour une réunion de travail. Un protocole bien différent de celui du palais royal. Était-ce pour oublier le poids de sa charge ? Il voulait jouer le moins possible les Louis XIV, s'extraire des contraintes de sa fonction. Après quarante ans de franquisme, l'Espagne l'aurait sûrement mal toléré. Le roi a façonné une monarchie à sa manière, sans cour, sans faste, exempte de ses traditions pesantes et de son histoire. Une monarchie nouvelle pour des temps nouveaux, plus prosaïque que royale. Une instauration plutôt qu'une restauration de la Couronne. Une royauté hors sol, dont le seul terreau serait la démocratie. Il pensait ainsi l'ancrer aux racines du pays.

3

Lors de ma première visite à la Zarzuela, je suis venue m'entretenir avec le chef de la Maison royale, Rafael Spottorno, préambule à toute demande d'audience royale. Ce diplomate de haut vol, occupant le rang de ministre dans l'organigramme officiel, a des allures d'hidalgo sorti du Siècle d'or. On me l'a décrit intelligent et implacable, deux qualités indispensables pour protéger un roi. Je le constate en plus sérieux et méticuleux : il a pris le temps de lire mon livre, de me le commenter dans une belle lettre, avant de me recevoir. Il est secondé par le directeur de la communication, Javier Ayuso, alerte, jovial. Ils seront mes principaux interlocuteurs et complices dans ce qui va tourner à l'aventure. Ma requête est particulière : je souhaite interviewer Juan Carlos pour un documentaire destiné à la télévision publique française[1]. Le dernier entretien du roi, accordé à une chaîne espagnole, remonte à l'an 2000, pour commémorer ses vingt-cinq années de règne. Depuis, hormis les messages de Noël adressés à la nation, le monarque souffre en silence et vit retranché. Le pays lui a tourné le dos, et il n'était pas préparé à subir tant d'hostilité, à sortir si brutalement de la caste des intouchables. Le faire parler de son enfance, de son rôle crucial dans la transition démocratique, risque de tomber fort mal à propos, à l'heure où il tente de sauver la Couronne du discrédit en préparant sa succession. Mais justement, n'est-il pas temps de tirer un bilan de son règne, de lui conférer une dimension historique ? Rafael Spottorno et Javier Ayuso m'interrogent et écoutent plus qu'ils ne parlent. Miguel Courtois, le réalisateur franco-espagnol qui m'accompagne, se montre convaincant. *El jefe* décidera. Il est le seul maître à bord.

J'apprends quelques semaines plus tard que Juan Carlos a décelé une erreur de date dans le dossier de présentation du documentaire. Me voilà prévenue : il est minutieux, et lit avec attention. Quelle impression a-t-il en découvrant tous ces livres et ces émissions sur lui ? Savoir ses

1. *Moi, Juan Carlos, roi d'Espagne* (90 mn), réalisé par Miguel Courtois Paternina, produit par Cinétévé, diffusé par France 3 et RTVE, 2016.

gestes scrutés, le moindre de ses propos interprété, comme si sa vie ne lui appartenait pas totalement. Je me demande s'il s'en sent glorifié ou au contraire trahi. Peut-être même s'inquiète-t-il de voir valoriser son passé alors qu'il a encore l'ambition de construire un avenir. Ma démarche pourrait lui sembler maladroite, comme une incitation à la retraite anticipée. N'est-il pas encore en mesure de servir sa patrie ?

Je n'imaginais pas le roi studieux. Autre stéréotype dont j'ignore l'origine car les souverains sont souvent représentés dans leur cabinet. Je me suis construit une image de lui en bon vivant, fuyant sa table de travail et ses dossiers, drapé dans la satisfaction d'avoir sauvé son pays d'une seconde guerre civile puis d'un putsch, lassé par les honneurs, et assez machiavélique pour avoir réussi la gageure de restaurer une monarchie en plein XXe siècle. Voilà le chef d'État que je suis persuadée de rencontrer bientôt. Sa vulnérabilité, due à ses problèmes de santé et à son impopularité, me permettra peut-être d'entrevoir l'homme derrière la carapace du monarque.

4

Ce rendez-vous sera le prélude à d'autres rites de passage de moins en moins formels avant qu'une date d'interview soit enfin fixée. Après un déjeuner servi dans un salon de la Zarzuela, qui me permet de comprendre pourquoi le roi adore sortir au restaurant ou filer chez sa sœur aînée, l'infante Pilar, à l'heure du repas, il ne reste plus qu'à identifier le lieu idéal de tournage. Je fais le tour du propriétaire en son absence, comme un voleur en plein repérage. Les petits salons du premier étage aux tons passés, où des cadeaux officiels jouxtent des photos de famille, la grande salle d'audience qui a vu défiler une flopée de visiteurs et de cérémonies, et qui doit renfermer bien des secrets, des antichambres. La Zarzuela n'a de palais que le nom. On n'y trouve ni le chic des palaces, ni l'allure des hôtels particuliers, ni même le confort des villas modernes. Un bois sombre tapisse les murs, que la lumière des jardins arrive à peine à égayer. Un air désuet et triste règne ici.

Je suis troublée d'entrer dans le bureau du roi sans lui. Je l'inspecte comme une voyeuse. La pièce rectangulaire est baignée de soleil grâce à une longue baie vitrée qui donne sur la *sierra*. Une bibliothèque fait face, emplie de livres anciens reliés et d'une collection de maquettes de caravelles en argent, répliques de celles à bord desquelles Christophe Colomb découvrit l'Amérique. Je les repère immédiatement car mon fils de sept ans en fabrique aussi. Les siennes ne sont évidemment pas en argent massif, mais je me demande si ce genre de passion très masculine passe avec le temps. La réponse est sous mon nez.

De banales photos de famille jonchent les rayonnages. Près de sa table de travail, le portrait d'Adolfo Suárez, son premier chef de gouvernement nommé en 1976, et un autre de Torcuato Fernández-Miranda, son professeur de droit désigné président du Parlement, les deux hommes de confiance avec qui il a le plus œuvré pour changer la face de l'Espagne. Je suis touchée par cette marque de fidélité et de reconnaissance à l'égard de comparses politiques. Les rois peuvent-ils avoir des amis ? Ils peuvent en tout cas compter sur des compagnons de route.

Des piles de dossiers, de journaux et de livres dans toutes les langues, posées un peu partout, prouvent qu'il ne s'agit pas d'une pièce d'apparat. Une mappemonde sépare le bureau du roi d'une table de réunion. De Gaulle aussi avait une mappemonde près de sa table de travail, comme pour signifier que la France avait encore un rôle à jouer sur l'échiquier international. Juan Carlos, lointain héritier de l'empire espagnol, avait la même prétention pour son pays. En ravivant notamment les liens historiques qui l'unissent à l'Amérique latine, où on l'appelait tout simplement « *el rey* ». Il fut le premier roi espagnol à traverser l'Atlantique et à impulser des sommets annuels ibéro-américains. En recevant la première conférence de Madrid en 1991, qui réunit exceptionnellement Bush père, Gorbatchev et tous les leaders engagés dans le processus de paix au Proche-Orient. En agissant comme moteur de l'intégration à la CEE, lui, le rejeton européen. Une grand-mère anglaise réfugiée en Suisse, une mère aux origines italiennes et françaises exilée au Portugal, des oncles italiens, une épouse grecque d'ascendance allemande. Aujourd'hui, ce globe doit prendre la poussière dans un coin. Absorbée par ses problèmes intérieurs, notamment le séparatisme catalan, l'Espagne ne brille plus dans le monde.

Aucun élément high-tech ne vient perturber l'harmonie de la pièce. Après un dîner aux côtés de Steve Jobs, lors duquel il avait montré un vif intérêt pour l'informatique, Juan Carlos avait reçu un prototype de NeXT. Où était-il ? Il n'y a aucune trace d'un quelconque ordinateur, juste un gros téléphone filaire jouxtant un beau livre relié dans les tons cramoisis. Ce ne serait quand même pas la Bible ? Je m'approche. Non, il s'agit de la Constitution espagnole de 1978. Me voilà réconfortée. Juan Carlos est bien avant tout un roi constitutionnel.

Un seul endroit m'a profondément marquée, un endroit que je n'ai vu nulle part ailleurs, un endroit lourd de sens : un couloir reliant les bureaux des conseillers au palais, un simple couloir. Les couloirs sont en général des lieux de passage neutres, rarement intéressants. Mais celui-là a été décoré par Juan Carlos. Je subodore même que c'est l'unique coin du palais qu'il a personnellement agencé. C'est un couloir que seuls ses collaborateurs et lui empruntent tous les jours, un couloir tapissé de cadres. Et quand on les regarde de plus près, on découvre qu'il ne s'agit que de caricatures de Juan Carlos publiées dans la presse depuis qu'il est roi, dûment encadrées, parfois dédicacées par leurs auteurs.

Des caricatures du monde entier. Je repère immédiatement celle de Plantu avec Mitterrand représenté en monarque façon Louis XIV, avec couronne, décorations et cape d'hermine, qui demande à Juan Carlos à l'air penaud, en simple costard-cravate et mains dans les poches : « Ça fait comment d'être roi ? » Celui-ci est embarrassé et ne sait que répondre. Je ne connais pas d'autre homme de pouvoir ayant une telle distance vis-à-vis de lui-même, un tel sens de la dérision, une telle volonté de rester humble devant sa fonction. J'en suis encore sidérée. J'aurais voulu interviewer le roi dans ce couloir, dans « le couloir de l'autodérision », « le couloir de l'humour », au milieu de ses caricatures... mais malheureusement notre rencontre est fixée dans son bureau.

Felipe a-t-il gardé ce couloir intact ? Je doute que la Maison royale actuelle ait autant d'humour, mais elle ne s'est peut-être pas encore risquée à des changements de décor.

II

La rencontre

Hiver 2014

1

Qu'apporte-t-on à un roi ? Une boîte de chocolats ou un livre, comme lors d'un dîner chez des amis ? Chez les plus intimes, je n'apporte plus rien. Chez les inconnus, j'essaie d'avoir une attention pour rompre la glace. Mais chez un roi, qui *a fortiori* a tout, qu'est-ce qui peut encore lui faire plaisir ou le toucher ? Voilà la question qui m'occupe à quelques jours de l'entretien.

Juan Carlos s'est rendu à La Havane pour présider un sommet ibéro-américain en 1999. Alors que José María Aznar, chef du gouvernement, est déjà à l'aéroport, prêt à repartir en Espagne, Fidel Castro fait détourner la voiture du roi pour l'emmener dans une de ses villas et partager un dernier verre. En maître absolu de son île, le Líder Máximo est aussi le maître des horloges, dont la toute-puissance s'exerce sur son peuple comme sur ses visiteurs. Le roi tente d'écourter la conversation, un avion l'attend et son chef de gouvernement aussi. Au moment des adieux, il remarque un tableau. Castro tient à lui en faire cadeau, puisque toute l'île lui appartient, ce qui retardera encore le départ. Il raccompagne le roi jusqu'à l'aéroport, en prenant la place de Sofia dans la voiture officielle, laquelle se trouve reléguée dans un véhicule de bout de cortège. Juan Carlos arrive avec plus de deux heures de retard sur le programme officiel.

J'aurais adoré épier la conversation entre ces deux géants politiques, voir comment le monarque communiste put charmer mon monarque démocratique. Castro est réputé pour ses talents de séduction. Lors du dîner de bienvenue, il a offert à Juan Carlos une photo de ses parents à Cuba. Le roi en a été très ému. J'arriverai moi aussi avec une photo, mais une photo pour moi, une photo à laquelle je tiens, un cliché qui devrait lui permettre de décrypter mon lieu de parole. On y voit Juan Carlos de profil, hilare, en pleine discussion avec Jorge Semprun. Au milieu, mon père, face à l'objectif, affichant une expression d'élève sage, peut-être même impressionné. Ou est-ce sa cravate qui lui confère cet air d'enfant appliqué ? Il devait être alors conseiller de quelque chose à l'Élysée. J'adore l'image pleine de vie, de spontanéité, de ce superbe trio improbable.

J'ai beaucoup sollicité Jorge Semprun lorsque je préparais ma biographie sur le roi. Il incarnait une Espagne épique, courageuse, bouillonnante, cultivée. Issu de la grande bourgeoisie madrilène, sa famille s'exile en France durant la guerre civile. Il termine brillamment ses études au lycée Henri-IV avant de rejoindre la Résistance et le Parti communiste espagnol. Il est déporté par la Gestapo à Buchenwald. Ce n'est que par une amnésie volontaire qu'il réussit à se reconstruire. Et par la lutte aussi. Il entre alors en résistance contre Franco. Cet esprit trop libre et vif finit par être exclu du PCE (Parti Communiste Espagnol) en 1964 pour « divergence avec la ligne du parti ». Là, il se reconstruit par l'écriture, autobiographique, et des scénarios de films engagés.

Il faisait partie de cette bande complice et fraternelle entourant mes parents : Costa-Gavras, Signoret, Montand. J'étais tout de même intimidée par l'écrivain, dont je vénérais l'œuvre incontournable. Mais sa sympathie et son entrain tout espagnols m'emportaient dans leur sillage. Il m'a ouvert son réseau d'amis, m'a suggéré des pistes de réflexion, m'a encouragée à écrire. Nous avions une complicité de Franco-Espagnols ou d'Hispano-Français. On se consolait ensemble d'être finalement étrangers en France et en Espagne. Je lui avouai que, de retour en France, j'avais mis plusieurs mois à comprendre que Semprun, prononcé à la française dans mes cours de khâgne, était le même écrivain que Semprún, prononcé à l'espagnole, le militant antifranquiste devenu ministre de la Culture. J'avais du mal à réconcilier ces deux mondes. Lui me rapportait les discussions animées entre Staline et Carrillo. « Vous, les Espagnols, vous ne comprenez rien à l'internationalisme prolétarien et au marxisme. Vous ne vous intéressez qu'au bon Dieu et à la Sainte Vierge ! » reprocha le dictateur au dirigeant espagnol, qui s'empressa de rétorquer : « Camarade, vous pouvez dire ce que vous voulez sur le bon Dieu, peu m'importe, mais la Sainte Vierge, en ma présence, on n'y touche pas ! » Je confiai à Semprun que j'avais moi aussi le tableau d'une Vierge qui ne me quittait pas, celle de la Macarena, « *la más guapa de Sevilla*[1] ». On ne sort pas indemne de la Semaine sainte ! Ces idoles continuent de m'accompagner, au cas où…

Lui s'était attardé au café à regarder les matchs de foot pour passer inaperçu à Madrid alors qu'il venait en clandestin sous la dictature. Un homme qui ne s'intéresse pas au foot est vraiment suspect en Espagne. Nous avions chacun notre Espagne, moi, l'Andalouse exubérante et festive, et lui, l'austère et politique Castille. À

1. La plus belle de Séville.

l'issue de nos rendez-vous, il mettait un point d'honneur à me raccompagner jusqu'à la porte cochère de son immeuble du septième arrondissement, malgré de terribles douleurs au dos. Un vrai gentleman jusqu'à la fin.

J'emporterai la photo avec moi à la Zarzuela comme un talisman. Mon parrain intellectuel, mon père et mon sujet d'étude : un parfait résumé de la situation. Mais je ne la lui offrirai pas. Je ne venais pas pour plaire, seulement pour comprendre.

2

Je commence à m'habituer à la magie de l'endroit, aux daims, à la vue, aux portes qui s'ouvrent sans devoir les pousser. Je reconnais les gardes, je plaisante avec le directeur de la sécurité. Le majordome a compris que je ne bois pas de café mais du thé. Je ne remarque même plus la triste décoration. Les lieux n'ont plus de secrets pour moi et je n'ai plus de secrets pour eux. La seule chose qui continue de m'interpeller : il y manque une âme.

Rafael Spottorno prend la précaution de me prévenir : le roi est fatigué par de longues séances de rééducation et continue de souffrir, ce qui peut affecter son humeur. Cela ne me rassure pas. Le chef de la Maison royale souhaite aussi que le tournage reste intime, réservé uniquement aux personnes indispensables. Il anticipe qu'un monarque attire plus de monde que nécessaire, voyeurs, curieux, intéressés, courtisans… Mais, entre les deux caméras, le son, les lumières, on ne tient déjà plus dans le bureau royal aux dimensions finalement étroites.

Je serai face au roi pour lui poser des questions, durant deux après-midi. Le stress monte d'un cran. Et s'il ne se prêtait pas au jeu de l'interview ? Pour esquiver un sujet embêtant, Franco faisait semblant de ne pas entendre. Juan Carlos avait été à bonne école, celle de la dérobade. Une astuce réservée aux grands de ce monde.

3

Juan Carlos arrive à l'heure prévue. La ponctualité est décidément la politesse des rois. Mais en Espagne, où le retard est naturel, où les horaires sont flous, c'est inattendu. D'autant plus que le pouvoir octroie le droit de faire attendre. J'avais pris mes dispositions et préparé une pile de journaux à lire pour patienter. J'ai à peine le temps de m'asseoir qu'il débarque. Il est passé par une porte dérobée et a surgi, accompagné de Rafael Spottorno. Son air est enjoué, ses yeux pétillants, sa voix énergique. Une force juvénile se dégage de lui malgré des jambes fragiles : son dynamisme semble corseté par un corps affaibli. Son allure est conquérante, ou est-ce son sourire ? Je suis étonnée par sa cravate d'un rose éclatant. Je tente de le dévisager mais le chef de la Maison royale est déjà près de moi pour me le présenter. Je ne sais plus si j'esquisse une révérence, ou si je lui tends la main, ou les deux. Si j'affiche une mine surprise ou ravie. Si je bafouille quelques mots ou si je me limite à une rapide platitude. Je ne me souviens même plus si je m'adresse à lui en français ou en espagnol. Pendant quelques longues secondes, je vacille.

Tout s'est enchaîné trop vite. Je pensais avoir le temps de revoir mes premières questions, de m'acclimater à la situation quelque peu angoissante pour qui n'a jamais été en première ligne. J'ai toujours été confinée dans un rôle d'arrière-plan, finalement confortable et peu risqué. Pour la première fois, je devais assumer de ne pas être une commentatrice passive, une accompagnatrice de mon mari ou de mes parents. C'était ma rencontre avec l'Histoire, mon entretien avec le roi, sous les projecteurs. J'étais persuadée de dominer les entrelacs de sa vie. Les sujets à traiter lors de l'interview ne m'inquiétaient guère. Mais j'aurais dû mieux préparer le préambule, ces premières minutes de face-à-face où on s'apprivoise, on se mesure. J'étais décidément trop inexpérimentée et désinvolte.

Était-il déçu par cette petite Parisienne mal assurée qui allait l'assaillir de questions ? Pourquoi m'avait-il choisie moi, parmi les nombreux journalistes et historiens qui cherchaient à le rencontrer ? Une étrangère, une femme, une inconnue, une fille de républicains gauchistes. Je n'avais pas grand-chose en ma faveur finalement. Ou était-ce justement un avantage ? Je n'appartenais à aucune chapelle espagnole clivante, je n'attendais aucun honneur, j'étais libre. Ma liberté lui conférait-elle à lui aussi une liberté ? J'étais prête à aborder tous les sujets, sans tabou, et lui pouvait me répondre sans crainte. Peu importait mon jugement puisque je n'étais qu'une observatrice lointaine, sans prise sur les débats internes à l'Espagne.

4

Juan Carlos a vraiment une « gueule de roi ». Il a le physique de l'emploi. Voilà l'impression qui me reste de ces premiers instants passés avec lui. Il est bien le digne descendant de Louis XIV, en version plus gracieuse mais tout aussi distinguée : large front, nez incontournable, yeux expressifs, port de tête majestueux et un je-ne-sais-quoi d'imposant. Il parle un français précieux, le même que parlaient mes grands-parents : intonation élégante, langage châtié, articulation impeccable. Aujourd'hui, le français est débité rapidement, syllabes mangées ou hachées, dans les médias où on est pressé d'en finir, et parfois même incompréhensible pour mon esprit d'escalier. Est-ce le signe de mon inadaptation à la société du spectacle ? Je lui confie mon étonnement de l'entendre spontanément discourir avec aisance dans la langue de Molière. « Je rêve même en français », me répond-il. Relique de son enfance suisse. À une époque où c'était encore la langue diplomatique et la langue de la culture, le patois de l'élite.

Le roi se montre jovial. Il est habitué à mener le jeu, à être au centre des attentions. Il salue chaleureusement tous les techniciens, l'équipe au complet a droit à une poignée de main, un mot gentil ou drôle, une prévenance.

« Je vais vous présenter la productrice du documentaire, Fabienne Servan-Schreiber, qui est venue de Paris pour vous saluer, lui dis-je.

– De la famille de Jean-Jacques ?

– De très loin... Jean-Jacques Servan-Schreiber est plutôt lié à mon mari, son fils. »

Je ne porte pas mon nom de femme mariée, une dernière résistance féministe. Et c'est la première fois que je me vante de cette filiation par alliance. J'ai déjà du mal à m'émanciper de mon patronyme, je ne tiens pas à m'encombrer d'un autre.

« Je me souviens du *Défi américain* [1] et de son voyage à Madrid. Il apportait des idées nouvelles. À cette époque, l'Espagne en avait bien besoin. Il avait donné une conférence à l'université qui

1. Best-seller mondial publié en 1967 qui révèle l'emprise américaine sur l'Europe.

avait fait beaucoup de bruit. Il avait provoqué un grand enthousiasme. Je ne sais plus en quelle année exactement. »

Moi non plus. Je suis embarrassée. Je me souviens juste d'avoir lu dans les archives diplomatiques le rapport de l'ambassadeur de France en Espagne, soulagé de voir repartir « JJSS et son cirque », soulignant au passage les très belles femmes qui l'accompagnaient, et son discours sur le libéralisme et la démocratie tenu à la barbe de la police franquiste. *L'Express*, alors unique hebdo politique français dont il était le fondateur et directeur, se lisait sous le manteau parmi une jeunesse espagnole en quête d'ouverture. On m'a tellement répété que le roi n'est pas un intellectuel, qu'il n'est pas cultivé, qu'il n'aime pas lire, que je reste interloquée. Je n'imaginais vraiment pas lui parler de mon beau-père, étoile filante d'une génération, la sienne justement, mais depuis oubliée. Je suis déjà déroutée.

5

En attendant que les techniciens terminent d'installer leur matériel, je sors du fond de mon sac la photo de lui avec Jorge Semprun et mon père. Il semble surpris. Cette photo a décidément un petit air de bande de copains, du genre *Un éléphant ça trompe énormément* avec Rochefort, Brasseur, Bedos. Il la regarde attentivement, sans lunettes. Les rois ont peut-être un truc spécial contre la presbytie. « Un grand homme », dit-il en montrant du doigt Semprun. Il enchaîne par quelques mots aimables sur mon père et donne la photo à son aide de camp, qui anticipe ses besoins et ses attentes avec discrétion. Je la récupérerai le lendemain collée sur un carton aux insignes royales et dédicacée. Elle a désormais plus de cachet...

Lors d'une rencontre postérieure, trois mois plus tard, je lui apporte des dessins de ma fille.

J'imagine qu'il en a reçu des tonnes au cours de son règne. Ma fille de huit ans se plaint de passer après Juan Carlos. À la maison, ils sont en overdose, ils saturent de mes histoires sur le roi : un livre, et maintenant un film... Je ne pourrais pas enfin changer de sujet ? Je lui promets d'offrir au roi ses dessins de chevaux et de revenir vite. Je les dépose, un peu gênée, sur son bureau. Mêler le professionnel au personnel est embarrassant. Ou est-ce juste moi qui tiens à garder mon jardin secret, à préserver mon intimité ? Juan Carlos semble attendri, ou alors il simule à merveille. Il aurait pu être effaré, se montrer importuné. Il me demande l'âge de mes enfants. « À cet âge-là, ils ont besoin de bouger tout le temps, ils sont pleins de vitalité ! » me répond-il en connaisseur, lui le père de trois enfants et le comparse de ses innombrables neveux. J'acquiesce, avouant à demi-mot un léger épuisement. Certains rêvent de recevoir un jour la Toison d'or, la plus haute distinction accordée par la Couronne espagnole, et moi, d'une grande maison avec jardin et d'une nounou à plein temps. Chacun ses espoirs, ses illusions.

Le roi poursuit ses questions pour s'enquérir de leur école, leurs centres d'intérêt, leur vie parisienne. Je suis habituée aux hommes qui éludent ce sujet, d'autant plus quand ils appartiennent à cette génération qui n'a pas brillé par son souci du maternage. Ils parlent de leurs rejetons pour se vanter de les voir intégrer la même grande école qu'eux. Rarement plus. Je suis si confondue par tant de prévenance royale que je réponds rapidement, par peur de l'assommer. Est-ce le jeu normal de séduction d'un monarque avec ses sujets ? En se montrant « proche des gens », essaie-t-il de me manipuler, de m'adoucir ? Ou tente-t-il vraiment de sortir de sa bulle pour connaître le quotidien des autres ?

Le lendemain, il me donnera une photo de lui dédicacée pour ma fille. « C'est son portrait préféré..., me confie discrètement son aide de camp, qu'il n'offre que très rarement. » Il est en costume gris, air sérieux, à sa table de travail. Il y a un *R* collé à sa signature, pour signifier *roi*. Lundi 2 juin 2014, trois jours après notre entrevue, il annoncera aux Espagnols son abdication, prenant de court le pays. Je me demande s'il s'agit de sa dernière dédicace en tant que souverain.

Un monarque, comme n'importe quel *people*, suscite des comportements singuliers, comme si la notoriété pouvait déteindre sur nous. S'ils sont célèbres, c'est grâce à notre regard ébahi. Nous leur renvoyons tel un miroir l'image de leur renommée. Le roi doit être flatté de constater que les uns et les autres se débrouillent pour avoir une photo avec lui. Je suis d'ailleurs la dernière bécasse à ne pas y penser. J'ai décidément beaucoup de choses à apprendre. Mon unique découverte : on est toujours le *people* d'un autre. Je l'ai compris lorsque j'ai vu, au Forum de Davos, des chefs d'État, des entrepreneurs fortunés, des présidents de banques centrales courir après Brad Pitt et Angelina Jolie pour obtenir un selfie. Même Bill Clinton faisait partie de cette foule en quête de reconnaissance. Je ne sais pas après qui Brad Pitt et Angelina Jolie courent, mais je suis certaine qu'eux aussi ont leurs idoles.

6

Nous sommes installés face à face, prêts à débuter l'interview. Je suis intimidée, je n'ose pas regarder le roi dans les yeux. Il ne montre pourtant aucune impatience. Il pose délicatement ses doigts croisés sur la table, en attendant les derniers réglages techniques. Pendant qu'il constate les changements opérés dans son bureau pour faire passer les fils et les caméras, je m'attarde sur ses mains, fines, soignées. Des mains immaculées, des mains de monarque qui n'a pas même besoin d'ouvrir une portière de voiture. Peu de gens ont le privilège d'avoir des mains qui n'ont jamais fait la vaisselle. Vous imaginez-vous un roi lavant des casseroles ? Ce sont des mains qui ont tout au plus tenu un fusil de chasse, les rênes d'un cheval, les commandes d'un hélicoptère. Elles sont un révélateur social. Mais il y a ceux qui, même princes, ont des mains de boucher, épaisses et rougies, comme Charles d'Angleterre. Peut-être a-t-il trop jardiné, trop bêché la terre, en attendant que sa mère se décide enfin à lui refiler la Couronne.

En regardant les mains de Juan Carlos, je pense à la conversation entre Diaghilev et Alfonso XIII. « Vous n'êtes pas pianiste, vous n'êtes pas compositeur, vous ne dansez pas, vous n'êtes pas chorégraphe. Alors que faites-vous ? » demande le roi au directeur des Ballets russes, qui lui répond : « Majesté, je fais comme vous. Je ne travaille pas, je ne fais rien. Mais je suis indispensable. Sans moi, il n'y aurait pas de spectacle. » Sans Juan Carlos aux mains immaculées, pas d'Espagne moderne.

III

Son histoire lui appartient-elle ?

2014

1

Clap de début.

Je commence par son enfance. Pour faciliter la réminiscence des souvenirs, je montre des images de lui, jeune garçon aux boucles dorées et au sourire d'ange, en bermuda, chaussettes hautes et veste trop grande pour ses épaules. « Je menais la vie d'un enfant heureux, avec ma famille, en exil à Estoril… »

Hésitation : l'entretien doit-il se dérouler en français ou en espagnol ? Je panique, me tourne vers Rafael Spottorno, installé en retrait. Faux départ. On recommence en espagnol. Mais nos apartés, nos échanges hors caméra, resteront en français. L'espagnol sera notre langue professionnelle ; le français, notre langue privée. Peut-être est-ce pour lui le langage de l'enfance, de l'intimité ? L'espagnol est devenu sa langue courante à dix ans, lorsqu'il est parti vivre en Espagne. Avant, alors qu'il demeurait en Suisse, on dit que sa grand-mère britannique, Victoria Eugenia, la petite-fille préférée de la reine Victoria, l'entraînait à rouler les « rr » pour atténuer son accent français en espagnol. Quand Louis XIV envoya son petit-fils régner sur l'Espagne, il ne se soucia guère de son niveau d'espagnol. Trois siècles plus tard, Juan Carlos ne pouvait pas se permettre d'être entendu et perçu comme un prince étranger. Même les cours royales finissent par s'adapter à l'air du temps, au nationalisme. Mais Juan Carlos est le pur produit d'un lignage européen, et le français reste sa langue de cœur. On ne peut pas lutter contre ses origines.

2

« Je menais la vie d'un enfant heureux. Je ne pensais pas du tout à la politique, je ne pensais qu'à jouer ! » me répond le roi, en espagnol cette fois-ci.

C'est ma première déception, la première d'une longue série. Dans ma biographie, je lui ai construit une enfance assombrie par l'exil, les déménagements successifs, la précaire situation de son père don Juan, titulaire des droits dynastiques en quête de reconnaissance. Une enfance volée par la politique et l'instabilité, ternie par la nostalgie des palais et du pays. Ou est-ce la projection de mon enfance sur la sienne ? Les coups d'État en Amérique latine m'accablaient, les campagnes électorales en France m'assommaient, la bombe qui détruisit l'appartement paternel me traumatisa, les coups de fil nocturnes de menace me réveillaient, le spectre de l'enlèvement me rendit casanière. J'ai été la spectatrice de discussions parentales qui ne laissaient guère de place à l'insouciance ni à la gaieté, l'otage de tensions qui m'appesantissaient. Les années 40 furent bien plus agitées et angoissantes que les années 70-80 : les traités de paix, le rideau de fer, la reconstruction de l'Europe, le retour de la monarchie en Espagne, la découverte de l'Holocauste... Juan Carlos avait-il vraiment eu une enfance heureuse ? Voici quelques repères biographiques, qui aideront à comprendre mon étonnement.

Juan Carlos a vu le jour à Rome le 5 janvier 1938. Son grand-père, Alfonso XIII, a quitté son royaume sept ans auparavant, juste avant la proclamation de la Seconde République. Il s'est incliné, a renoncé à sa charge de chef de l'État, sans toutefois abdiquer, pour éviter un bain de sang. Il débarque alors en France, avant de s'installer en Italie, au Grand Hôtel Palace de la capitale. La fringante République le déchoit de ses titres, de ses biens et de ses droits, mais a l'indulgence de faire parvenir à son épouse, la reine Victoria Eugenia, ses bijoux. Il espère encore retrouver un jour son trône et en 1936 soutient Franco, le plus jeune général de son armée, dans son pronunciamiento et sa *Reconquista* du pays – en vain. Après quatre ans de guerre civile sanglante, Alfonso XIII sait qu'il va mourir sans revoir sa patrie. Franco, à la tête du mouvement nationaliste et d'une croisade catholique contre les « rouges », a astucieusement utilisé le soutien monarchiste avant de s'en défaire pour accaparer le pouvoir. Il passe de général à généralissime puis à Caudillo. Il s'est débarrassé de tout concurrent et s'accommode d'un parti unique, d'un Parlement à sa botte, de charniers et de camps pour ses opposants.

Deux semaines avant sa mort, en 1941, le roi exilé Alfonso XIII lègue ses droits dynastiques à son quatrième fils, don Juan, son unique héritier sain. Sa femme, la reine aux origines britanniques Victoria Eugenia de Battenberg, a introduit l'hémophilie chez les Bourbons d'Espagne. Alfonso XIII avait pourtant été mis en garde par l'oncle de la promise, le roi du Royaume-Uni Edward VII, mais il n'avait pas pu résister aux charmes de la plus belle des princesses royales d'Europe. Parmi leurs sept enfants, il n'y a qu'un garçon qui puisse assumer la charge : l'infant don Juan, qui se fera connaître sous le titre de comte de Barcelone. Ce navigateur émérite, qui porte des tatouages sur le bras, en impose grâce à son caractère enthousiaste et sympathique. Il vient de se marier à María de las Mercedes de Bourbon des Deux-Siciles et Orléans, une cousine, descendante directe de Louis-Philippe et du dernier roi du royaume des Deux-Siciles.

C'est sur les rives neutres du lac Léman que la famille royale en errance se réfugie pendant que les Alliés font la peau à Hitler. Leur fille aînée Pilar, Juan Carlos, puis Margarita, née aveugle, et le cadet, Alfonso, composent une fratrie soudée qui adoucit les affres de l'exil. Un strict et austère précepteur espagnol, aussi inflexible qu'exigeant, se charge de l'éducation de Juan Carlos, l'héritier de l'héritier de la Couronne. Son père espère devenir rapidement Juan III grâce au soutien des Alliés. Mais contre toute attente, à la conférence de Potsdam, Truman le lâche. Une monarchie faible ne résisterait pas à une offensive de Staline. Guerre froide oblige, les États-Unis se font désormais les fidèles partenaires de Franco, un rempart européen au communisme. Don Juan voit son trône se volatiliser d'un coup.

À quelques centaines de kilomètres seulement de sa mère patrie et de son royaume évanescent, don Juan investit Estoril et la Riviera portugaise, d'où il continuera de comploter. Il y retrouve une kyrielle d'altesses royales en exil. La monarchie n'est alors plus très à la mode en Europe.

Tandis que ses deux sœurs et son frère s'amusent avec les enfants des Savoie et des Paris, notre prince de huit ans se morfond dans un pensionnat suisse de pères marianistes, à la discipline de fer, à Fribourg. Ce ne sont pas seulement les douches froides et les chambres mal chauffées qui le marquent, mais aussi l'abandon. Les têtes à couronner doivent être élevées sans ménagement si l'on veut faire d'eux des personnalités responsables prêts à supporter le poids de l'État. Son père empêche sa mère de l'appeler, pour l'endurcir. Sa grand-mère et marraine, Victoria Eugenia, restée à Lausanne, comble le vide affectif en lui rendant visite toutes les semaines. Juanito, comme l'appellent les intimes, ne retrouve son foyer que lors des vacances.

Compte tenu de ces faits biographiques, je me permets d'insister :

« Majesté, vous ne gardez pas de votre enfance des souvenirs de tristesse, d'inconfort, à cause de l'exil, de vos déménagements incessants, de la délicate situation de votre père ? »

Il ne voit pas du tout où je veux en venir. Il me regarde, interloqué, et confirme d'un ton posé :

« J'étais très heureux avec mes frères, mes sœurs et mes amis. Nous avions une vie chaleureuse, joyeuse. »

Un dialogue de sourds s'ensuit :

« On ne parlait pas tout le temps de politique à la maison ?

– Vous savez, à sept ou dix ans, on s'intéresse peu à la politique... On préfère jouer.

– Vous n'avez pas grandi dans une atmosphère nostalgique de l'Espagne, de la Couronne ?

– Absolument pas. Mon père recevait des visiteurs espagnols, on parlait beaucoup de l'Espagne, mais l'atmosphère à la maison était très gaie.

– Vous ne souffriez pas de votre statut d'exilé ?

– Quand je devais étudier, j'étudiais ; quand je pouvais jouer, je jouais. On a beaucoup déménagé, c'est tout.

– Avez-vous le sentiment d'avoir reçu une éducation particulière de prince, plus stricte ou politisée que celle de votre entourage ?

– Ce n'était pas tant une éducation particulière que singulière. Mais à cette époque, vraiment, je ne pensais pas à la politique. Je pensais juste à m'amuser comme un enfant. »

A posteriori, je suis consternée par mon obstination. Mon entretien avec le roi se déroulera ainsi, toujours avec autant de persévérance de ma part, au point qu'il me confiera en aparté que j'étais « pire qu'un tournevis », que « j'appuyais fort jusqu'à arriver au bout ». Je ne l'ai pas pris comme un compliment. J'étais donc le *tournevis du roi*, quand d'autres pouvaient prétendre à des statuts plus avantageux : le courtisan du roi, le fou du roi, le confident du roi.

Je n'ai pas pu m'empêcher d'insister : je n'ai pas supporté que ses réponses diffèrent de mes constructions théoriques. Je connaissais déjà les réponses à mes questions, j'aurais même pu écrire ses répliques ! Être confrontée à une autre version m'était insupportable. À force de recherches, il était devenu « mon » histoire. Je peinais à accepter que son histoire lui appartienne. La rencontre entre le biographe et son sujet est finalement douloureuse. Avais-je vraiment envie d'entendre sa voix, son interprétation, ses impressions ? Là où j'ai vu de la souffrance, lui ne se souvient que d'allégresse. J'allais corroborer ses dires auprès de sa sœur aînée, l'infante Pilar, que j'interviewerais le mois suivant. Au cas où, quand même, les souvenirs de Juan Carlos ne seraient pas totalement exacts. Je restais méfiante. « Il y avait une ambiance très gaie à la maison... Nous avons eu une enfance délicieuse, merveilleuse. On grimpait aux arbres, on jouait avec nos amis. Mon père était en faveur de tous les sports, parce qu'il disait que plus nous étions fatigués, moins nous faisions de bêtises, et il avait parfaitement raison ! » me raconta-t-elle. Il ne me restait plus qu'à me résigner.

Le roi s'exprime par des phrases courtes, définitives. L'infante Pilar, plus loquace, se chargera des détails. Sa vitalité et son tempérament m'ont impressionnée. À soixante-dix-huit ans, veuve, mère de cinq enfants et aïeule d'une flopée de petits-enfants, dont certains vivaient chez elle, elle dégageait un entrain incommensurable. Le genre de femme qu'on pourrait suivre jusqu'au bout du monde, qui ne voit pas les obstacles, ne ressent pas la peur, aime la bonne chère et les grandes tablées. Elle avait dérogé à la tradition en poursuivant des études – elle décrocha un diplôme d'infirmière – et en imposant un mariage morganatique. Elle est décédée d'un cancer le 8 janvier 2020, laissant son frère inconsolable. Elle m'avait dit, faisant référence aux funérailles de son père don Juan : « Ma parenté meurt toujours en hiver ou au début d'un printemps encore humide et glacial. Les enterrements sont déjà tristes, et en plus on est saisi de froid, des pieds jusqu'à la tête. Il faudrait quand même qu'on change de saison pour les obsèques de la famille ! » J'ai pensé à cette phrase à l'annonce de son décès. Elle n'aura pas réussi à rompre le sort. Sa mère, doña María de las Mercedes, est morte le 2 janvier de l'an 2000 ; son grand-père, Alfonso XIII, le 28 février 1941. Le froid appelle la mort chez les Bourbons d'Espagne.

Je suis aujourd'hui reconnaissante du calme avec lequel Juan Carlos a toléré mes insistances. Son regard est toujours resté sincère. Il y a eu parfois de la lassitude, après plus de trois heures de discussion, mais je n'ai pas décelé de fourberie. Pourquoi mentir au seuil de son règne ? Souhaite-t-il se raccrocher uniquement aux bons souvenirs et oublier les souffrances passées ?

Finalement, à quoi bon s'apitoyer quand on est roi, quand on a accompli la mission pour laquelle on a été élevé, en rétablissant la monarchie espagnole. Il fallait bien que je respecte ses explications. Peut-être qu'un monarque ne peut pas se plaindre, ni avouer ses failles. Puisque le destin l'a privilégié dès la naissance, a-t-il le droit de s'affliger, de confier ses états d'âme ? S'interdit-il de le faire par décence à l'égard de ceux qui ne portent pas de titres nobiliaires ni ne vivent dans un palais, même moche ? Un roi peut-il aller chez le psy ?

3

L'infante Pilar me donnera une clef de compréhension : « Dans notre famille, il est très mal vu de se plaindre. On ne se lamente pas. Personne ne s'intéresse à ton mal de tête ou à ce qui t'arrive. Il vaut mieux se taire que geindre. Tu pourrais être en train de mourir, tu ne te plains pas. Demandez aux médecins qui ont traité mon frère au cours de sa vie, le roi ne se plaint jamais. Il faut accepter la vie telle qu'elle est. » C'est la force des grands caractères. Est-ce en cela que consiste la dignité royale ? Comment font ceux qui n'ont pas la même endurance face aux aléas ? Combien de sacrifices personnels subis au nom du silence ?

Malgré son implacabilité, j'ose quand même lui demander :

« On ne se rebelle jamais dans votre famille ?

– Ton pays, l'Espagne, est au-dessus de toi, de ta personnalité et de ta rébellion. Si ta rébellion est en faveur de ton pays, très bien. Sinon elle ne sert à rien. Chez nous, c'est comme ça. Tu n'es rien si tu ne fais pas quelque chose pour ton pays. »

La famille royale est l'esclave volontaire de sa patrie. L'Espagne est son devoir sacré. Quand le roi en parle, il lève les yeux au ciel, comme s'il se référait à un dieu tout-puissant, à une force spirituelle. Je ne connais personne qui entretienne ce genre de rapport avec la France. De Gaulle, sûrement. Et depuis ? Le sens de l'État n'est plus très à la mode, encore moins en Espagne où il s'est affaibli au profit des régions.

Je demande à Juan Carlos : « Comment vous est venu ce lien si intime avec l'Espagne, alors que vous viviez en exil ?

– Mon père nous a inculqué dès l'enfance l'amour de l'Espagne. L'Espagne était son grand leitmotiv. Il ne pensait à rien d'autre. Il s'est sacrifié pour l'Espagne. »

Encore une incompréhension pour moi qui me suis construite entre plusieurs pays, plusieurs cultures, sans véritable attache nationale autre que celle de la littérature française. Ma naissance tardive m'a exemptée de tout engagement guerrier et patriotique. Je suis davantage l'héritière de valeurs que d'une nation unique. J'ai décidément du mal à saisir les ressorts royaux. Ce sang bleu qui coule dans leurs veines serait-il finalement singulier ? Ou s'agit-il de mots creux, d'une propagande bien rodée depuis que Philippe V s'est installé sur le trône d'Espagne en 1700 ? Louis XIV, son grand-père, lui donna un conseil : « Soyez un bon Espagnol, c'est présentement votre premier devoir. » Depuis trois siècles, ils auraient maintenu la flamme de cette transcendance, d'une Couronne associée à une patrie qui justifierait leurs privilèges. Une dévotion pour un royaume. Comment se transmet-elle ? Comment n'a-t-elle pas faibli au cours des siècles et des aléas de la monarchie, entre les guerres, les exils, les décès prématurés ? Comment encore croire à cette pensée magique, archaïque, à l'heure des réseaux sociaux, de la suprématie de l'opinion sur la raison, de l'immédiateté sur l'Histoire ?

Je perçois la monarchie comme une marque, *a brand* comme on dirait dans mes cours de marketing à HEC, avec une image à défendre, des acteurs et des valeurs, de nouveaux produits, une valorisation fluctuante, une identité propre et irremplaçable. Le roi en directeur marketing, soutenu par une équipe, la famille royale, et les conseillers de la Maison royale en exécutants. Chaque mariage ou enterrement donne lieu à des plans com dignes de multinationales. C'est probablement là une déformation grotesque, provenant de mes études et de l'air du temps où les termes de l'économie ont pris le pas sur ceux du politique. Dénuée désormais de tout pouvoir exécutif, il ne reste à la Couronne que la représentation, doublée d'un ascendant, modérateur, unificateur, sur un pays en proie au démantèlement, à la division. Être au-dessus, tout en inspirant confiance et proximité, attachement et émotions, pour garantir stabilité et cohésion. Le difficile équilibre du *soft power*.

Il y a une image qui incarne à mes yeux la monarchie de Juan Carlos, car chaque Couronne est modelée, ajustée par son représentant suprême à l'époque et à sa personnalité : le roi, entouré de sa femme et de ses enfants, dans la cathédrale de l'Almudena de Madrid, lors de la messe en hommage aux cent quatre-vingt-douze morts de l'attentat du 11 mars 2004 perpétré par Al-Qaida, le plus meurtrier en Europe depuis la Seconde Guerre mondiale. Des chefs d'État du monde entier sont venus soutenir l'Espagne dans cette épreuve. À l'issue de la cérémonie religieuse, Juan Carlos rompt le protocole pour aller embrasser les familles des victimes, les unes après les autres, rangée par rangée. Il est si ému qu'il doit sortir son mouchoir de sa poche. Il est secondé par la famille royale au complet, aussi bouleversée que le parterre de familles endeuillées. Les membres du gouvernement restent, eux, de marbre. Certains contemplent la scène de loin mais ne pensent pas à s'approcher ; d'autres préfèrent se recueillir, en regardant le sol. Ils laissent le roi à sa fonction consolatrice. Il est en communion avec son pays, qui a besoin d'être réconforté et accompagné dans cette épreuve. Un moment de catharsis nationale que seul Juan Carlos peut conduire, symboliquement et physiquement. Un suzerain, depuis le Moyen Âge, protège ses vassaux. Cet archaïsme-là persiste. Vestige d'un temps où le roi guérissait les écrouelles.

Pour les hommes politiques, le pouvoir est une vocation. Et pour les rois ? Il ne s'agit pas de se demander s'ils aiment ou pas leur métier, ils sont nés pour cela. L'infante Pilar m'explique : « Tu n'es pas autre chose. Depuis ta naissance, c'est ton obligation. Quand tu es élevé pour ça, cela devient une chose naturelle, tu ne te fais pas des nœuds au cerveau. Dans le fond, nous sommes des gens simples. […] Mais nous sommes jugés par l'Histoire. Il ne faut pas nous juger au quotidien, mais à la fin de notre existence. » Les souverains n'ont pas d'autre option que croire en leur prédestination et se soumettre à un puissant surmoi. Ou alors prendre la tangente comme le triste et fameux duc de Windsor, Edward VIII durant trois cent vingt-six jours seulement, un cas rare dans l'histoire des monarchies européennes. Entrer en royauté, c'est comme entrer dans les ordres, se mettre au service d'une institution, se conformer à une vie de devoirs, d'abnégation. Une vie où penchants et envies sont bridés. Un ami d'enfance de Juan Carlos, José Luis Leal, qui deviendra ministre de l'Économie, me raconta une visite du Salon de l'industrie en compagnie du prince alors âgé d'une vingtaine d'années et de son précepteur, le duc de la Torre. Au stand Pegaso, les voitures sportives de l'époque, le directeur voulut offrir le dernier modèle à Juan Carlos. Il était enchanté, lui qui apprécie tant les grosses cylindrées. Mais son précepteur s'y opposa fermement. La Couronne ne pouvait être associée à cette image de futilité et d'esbroufe. Juan Carlos repartira avec une machine à écrire sous le bras. Cette frustration originelle, le roi s'attachera à la réparer en cumulant dans son garage motos et voitures tapageuses. Aux dires de Juan Carlos : « Il y a cinq mots que mes enfants n'ont pas le droit de me déclarer : "Je n'ai pas envie." » Mais comment jongler avec le ressentiment et la contrainte, la blessure et l'astreinte ?

J'ai rencontré Felipe, encore prince des Asturies, quelques jours avant son intronisation. Derrière ses allures d'enfant sage se cache une véritable sympathie, franche, directe. Il est imposant malgré lui, du haut de son mètre quatre-vingt-dix-sept. Ses yeux bleus illuminent la pièce. Quelques discrets cheveux blancs trahissent son âge. Sa mine sérieuse contraste avec l'air parfois enfantin de son père. Juan Carlos fonctionne à l'instinct et la spontanéité ; lui, à la réflexion et la compréhension. Il a intériorisé la nécessité d'une conduite opposée à celle de son père. Comme si les rôles étaient inversés. Il semble assumer son destin avec fatalité et application. Malgré sa retenue, un aplomb et une sérénité indéniables se dégagent de lui. Il est habité par une *gravitas* sans arrogance, une gravité studieuse. Habitué depuis son plus jeune âge aux longues cérémonies officielles, il fait preuve d'une patience exceptionnelle sans sourciller. En attendant que les caméras et les lumières soient installées, nous conversons dans un français fluide.

« Comment apprend-on à être roi ? » C'est un emploi sans période d'essai, de très longue durée, difficilement récusable, qui ne repose que sur l'ADN et une certaine éducation. Il n'y a pas d'ENA de la royauté, quelques précepteurs tout au plus. « Par l'exemple de tes parents, m'explique Felipe. C'est une expérience vitale que tu intègres par les yeux, par les oreilles, par les pores, de tous les côtés. » Comme cette nuit du coup d'État, le 23 février 1981. Le prince de treize ans reste dans un coin du bureau pendant que son père intime l'ordre à son état-major de ne pas s'associer aux putschistes. L'infante Pilar se souvient : « Je n'ai jamais entendu mon frère parler avec autant d'autorité et de détermination. » « Je n'abdiquerai pas, je ne partirai pas. Vous devrez me fusiller », répétait-il aux insurgés. Un télex envoyé à l'un d'eux est clair : « Un coup d'État ne peut pas se faire au nom du roi. Il est contre le roi. Je t'ordonne que tu retires toutes les unités que tu as sorties. Je jure que je n'abdiquerai pas et que je n'abandonnerai pas l'Espagne. Celui qui se soulève est disposé à provoquer une guerre civile. » La jeune démocratie aurait pu vaciller.

Felipe observe. Il finira par s'endormir dans un fauteuil, après que son père a assuré aux Espagnols son soutien sans équivoque à la Constitution. Il devra aller à l'école le lendemain matin, comme n'importe quel collégien. Il a reçu sa première leçon de roi. Un peu comme Louis XIV lors de la Fronde. Plus inoubliable qu'un livre ou l'enseignement d'un professeur. Il sait maintenant ce qui l'attend. Mais il ne s'agit pas de singer le père non plus, chacun son style, chacun sa méthode : « Mon père n'a jamais eu la volonté de me donner des leçons, de me dire comment faire les choses. Il a plutôt essayé de m'orienter. Face à des doutes, il me disait : "Essaie de les résoudre toi, je t'aiderai si tu en as besoin, mais fais ton chemin d'abord." Cela a toujours été ainsi, et ça continue de l'être. » Juan Carlos applique le précepte des Lumières, « Ose penser par toi-même », pour construire la permanence de la Couronne. « Nous constituons le maillon d'une chaîne », me soutient Felipe, sur le point de prendre sa place dans cette chaîne qui « incarne la continuité et la cohérence ». Un peu comme une course de relais, il n'est que le dépositaire provisoire du témoin. Les « deux corps du roi ».

4

Je cherche à entrer dans l'intimité de la famille royale, à l'époque de sa déchéance, avant les succès et les honneurs. J'imagine surmonter ainsi mes incompréhensions. Il n'y a pas d'archives pour documenter cette période, uniquement de rares témoins discrets dont la réserve est une preuve de loyauté. Se confier à un profane relève quasiment du péché. Au fil de la discussion se dessine tout de même une fratrie très unie, des parents aimants, victimes des tribulations politiques mais qui compensent leurs déceptions en jouant au golf, en naviguant, en montant à cheval, en dînant avec les altesses royales italiennes, françaises, roumaines, bulgares – avec qui ils peuvent partager leurs joies et leurs peines d'exilés de luxe à Estoril en rendant visite à leurs cousins dans leurs châteaux, comme la reine d'Angleterre. Est-ce une vie de douceur et de futilité ? Elle en a toutes les apparences, mais les manœuvres politiques incessantes prouvent le contraire.

Le réseau d'altesses royales est une « organisation sociale » soudée, bien plus efficace et solidaire que Facebook, avec ses rites, ses commémorations, ses célébrations. Peut-être ont-ils même un groupe WhatsApp ? Ils partagent un savoir-faire diplomatique, un sens de l'Histoire, une expérience du pouvoir, comme d'autres des recettes de cuisine ou des anecdotes de voyage. Ils font face à des dilemmes dont eux seuls peuvent saisir les enjeux. En préparant son abdication, Juan Carlos s'entretiendra fréquemment avec la reine Beatrix des Pays-Bas, qui avait franchi le pas en 2013, un an avant lui. Elle sera sa complice, sa conseillère, pour mener à bien la passation de pouvoir. Qui d'autre pouvait mieux le comprendre ?

En sus de leur vie sociale intense, j'imagine que la politique est au centre de l'existence des Bourbons d'Espagne.

« Parliez-vous souvent de Franco entre vous ?

– Franco était dans notre vie comme la statue du Commandeur. On mangeait du Franco, on buvait du Franco, on vivait avec Franco, on parlait de Franco », me répond l'infante Pilar.

Le dictateur qui leur barrait la route vers le trône était incontournable. Ils se savaient sous surveillance du Caudillo au Portugal, où l'ambassadeur d'Espagne n'était autre que son frère : « Nous avons vécu toute notre vie dans la vigilance. En public, on ne pouvait parler que de fleurs, de fruits et d'oiseaux. Même au téléphone, nous avions un langage codé pour faire passer des messages. Les sujets importants, nous les abordions en famille, à huis clos, en chuchotant. » Ce qui semble plus les amuser que les consterner. Comme si tout cela glissait sur eux. Malgré l'espionnage permanent auquel ils étaient soumis, Franco avait tous les pouvoirs sauf celui de les affliger. Est-ce par fierté, dédain ou détachement ? Je me demande encore ce qui les affecte intimement derrière cette façade sans faille. Même les difficultés financières ne semblent pas les préoccuper. Pilar me raconte : « Nous avons souvent eu des problèmes d'argent. Mais qu'importe si ma mère était plus ou moins bien installée, elle a toujours eu le don de nous créer un foyer chaleureux. »

L'infante se remémore avec émotion l'arrivée à Estoril de leurs meubles, venus d'Espagne, après cinq déménagements dans trois pays différents. Elle poursuit : « À Rome, nous vivions au-dessus d'une boutique de vins. Il y avait un acteur qui deviendrait très connu plus tard, Amedeo

Nazzari, qui aidait ma mère à monter et descendre la poussette. Puis en Suisse, la propriétaire était obsédée par les virus. Elle venait nettoyer les poignées des portes avec de l'alcool. On avait tous peur de Mme Ruchonet. Quand ma mère disait : "Mon Dieu, la propriétaire arrive !", nous restions silencieux et immobiles comme des morts. [...] Nous nous sommes enfin établis au Portugal, pour rester, même si mon père ne voulait pas avoir de propriété ailleurs qu'en Espagne. »

Juan Carlos, lui, s'émeut plutôt des bons petits plats que sa mère cuisinait. On est fils avant d'être roi.

« Quel était votre menu préféré ?

– Je ne m'en souviens plus. On mangeait ce qu'il y avait. À l'époque, on n'avait pas beaucoup le choix. La seule chose dont je me souvienne encore, parce que je n'aimais pas ça, et je ne l'aime toujours pas, c'est l'ananas. Au Portugal, l'ananas ne coûtait pas cher, alors on en avait à tous les repas. Quand je suis arrivé en Espagne, j'ai découvert l'orange et j'ai trouvé ça succulent. C'était une merveille, et ça reste une vraie merveille, de manger une bonne orange ! »

Si le roi m'avait parlé de caviar, il y aurait mis moins d'emphase. Parmi les nombreuses anecdotes qu'il a pu me raconter, celle-ci m'a particulièrement touchée. Sans doute parce qu'elle me rappelle un souvenir personnel encore très vif : mes grands-parents étaient rentrés des courses avec un kiwi, un fruit à l'époque très rare sur les étals. Nous étions au début des années 80, et peu de commerces importaient des fruits exotiques. Nous l'avons dégusté, avec l'émerveillement de la première fois, savourant les deux bouchées auxquelles chacun avait droit. Pour une fois, le roi me parlait de quelque chose qui résonnait en moi. On se retrouvait enfin… même si c'était autour d'une corbeille de fruits !

C'est un peu osé de chercher des similitudes avec un souverain. Je n'allais quand même pas commencer à me prendre pour une princesse. Mais lorsqu'on regarde un film, on cherche à s'identifier avec le héros, pour croire à l'histoire, s'émouvoir davantage. Je suis restée hermétique à tout, car finalement les problématiques royales demeurent incongrues pour le commun des mortels, à l'exception d'un autre aspect de sa vie qui m'est allé droit au cœur : son attachement à sa grand-mère paternelle. Nous partageons aussi ce point commun. Lui comme moi avons bénéficié de ce lien sacré. J'ai adoré les mots qu'il a choisis pour m'en parler : « Elle fut comme une mère pour moi. Elle était *mi abuela madre* [1]. » Au début de notre conversation, j'étais déçue que Juan Carlos se montre si peu prolixe. Je le

1. Ma grand-mère/mère.

poussais dans ses retranchements, à me livrer toujours plus de détails. J'étais à la hauteur de ma réputation de « tournevis ». J'ai mis du temps à me résigner à ses phrases courtes et définitives. Et j'ai depuis adopté pour moi aussi ce terme de « grand-mère/mère ». « La reine Victoria Eugenia était une femme avec un caractère très fort. C'était une grande dame. Elle s'est beaucoup occupée de moi. Quand je vivais en Suisse, je passais tous mes dimanches chez elle, et elle venait me voir dans mon pensionnat le jeudi. Elle venait me laver car, avec le froid qu'il faisait, on ne se lavait pas beaucoup. Nous avons construit une relation très étroite. » Il l'appelait alors « Ena ».

Victoria Eugenia de Battenberg fut éduquée à la cour de Balmoral auprès de sa grand-mère, la fameuse reine Victoria, souveraine du Royaume-Uni et impératrice des Indes. Son charme et sa dignité éclatent sur chaque photo. Plus le temps passe et plus ses poses protocolaires laissent place à une attitude souriante pleine de bienveillance. La seule chose que j'aurais bien embarquée du palais de la Zarzuela est son portrait peint par Philip de László, d'une beauté et d'une grâce toutes dix-neuvième. Je me suis attachée à ce personnage à la fois fragile et tenace, tragique et majestueux, qui a affronté avec panache les drames du palais et les affres de l'Histoire.

Elle arrive en Espagne à dix-huit ans. Elle vient de se convertir publiquement au catholicisme pour épouser le roi Alfonso XIII, qui assume la charge de chef de l'État depuis l'âge de seize ans. Son père est décédé avant sa naissance. Dès le début, leur union, célébrée le 31 mai 1906, est marquée du sceau de la malédiction : alors qu'ils quittent la cérémonie de mariage pour retourner au palais, une bombe est lancée sur leur carrosse par un anarchiste. Le couple sort miraculeusement indemne de cet attentat qui fait une dizaine de morts au sein de la garde royale. La jeune reine apparaît au banquet nuptial dans une robe maculée de sang.

Malgré les somptueuses parures qu'elle reçoit de son mari volage, ses années de règne sont amères. Les Espagnols ne comprennent pas sa modernité : elle fume, n'hésite pas à se montrer en maillot de bain, à nager en public. Et elle vit avec la culpabilité de n'avoir pas pu donner à la Couronne ce qu'on attend d'une souveraine, une ribambelle d'héritiers bien portants. Le départ forcé à Paris, puis à Rome, sous la menace républicaine, prend finalement des allures d'échappatoire et précipitera la séparation du couple.

La reine déchue ne peut rester en Italie, pays en guerre avec sa Grande-Bretagne natale, et se réfugie en terrain neutre, à Lausanne, où elle s'installera définitivement. La vente d'un de ses fameux joyaux lui permet d'acheter la villa Vieille Fontaine, près du lac Léman, qui deviendra le QG de la famille disséminée en Europe. « Ton grand-père était joyeux comme un Latin, sportif comme un Anglais, orgueilleux comme un Espagnol et très égoïste comme n'importe quel homme. Il ne fut pas le plus facile des maris, mais il me fit reine d'un grand pays. » Une de ses confidences que l'infante Pilar n'a pas oubliée.

Après trente-sept ans d'absence, Victoria Eugenia revient pour la première fois à Madrid pour le baptême de son arrière-petit-fils, l'actuel roi Felipe, dont elle est la marraine. Le 8 février 1968, la famille royale est exceptionnellement réunie au complet à la Zarzuela autour du nourrisson, et en présence de Franco. « J'étais très ému... mais l'ambiance était agitée au palais ce jour-là, me raconte Juan Carlos. Doña Elena [sa fille aînée] jouait avec les pompons de la ceinture de général de Franco ! » Il éclate de rire. J'aurais bien aimé voir cette scène : le dictateur implacable et la petite fille coquine. Franco refuse toute entrevue privée à don Juan qu'il évite mais, devant la reine mère de quatre-vingts ans, le Caudillo s'émeut. Face à l'altière bisaïeule, il n'est plus maître en sa demeure. Ils se retrouvent seul à seul dans un petit salon. Elle, sa souveraine, sa marraine de mariage ; lui, l'ex-jeune général promu par Alfonso XIII, le traître à la cause monarchiste, tenant le sort de la Couronne entre ses mains.

« Majesté, que savez-vous de cet entretien ?

– J'ai souvent interrogé la reine. Et elle me répondait : "Non, cette conversation est confidentielle et elle mourra avec moi" », dit-il en l'imitant.

Juan Carlos est si drôle dès qu'il sort de sa réserve : sa mimique, ses gestes avec les bras trahissent son humour et ses manières joviales, juvéniles presque.

Certains historiens, se fondant sur des témoignages croisés, ont restitué ainsi les dires de Victoria Eugenia : « Général, c'est la dernière fois que nous nous voyons. Je veux vous demander quelque chose. Vous qui avez tant fait pour le pays, terminez votre œuvre. Désignez un roi d'Espagne. Faites-le de votre vivant, car sinon il n'y aura pas de roi. C'est la dernière requête que vous fait votre reine. » Franco aurait conclu le tête-à-tête en déclarant : « Les désirs de Votre Majesté seront exaucés. » Un an plus tard, Victoria Eugenia s'éteint à Lausanne sans avoir eu la satisfaction de voir son petit-fils monter sur le trône. Le Caudillo décrète trois jours de deuil national. Et trois mois après, il désigne officiellement Juan Carlos comme son successeur à titre de roi.

En acceptant, Juan Carlos trahit son père, l'héritier légitime, et associe la Couronne aux valeurs franquistes. La monarchie ne sera donc pas restaurée mais instaurée par Franco. Juan Carlos pouvait-il se permettre de refuser ?

Vingt ans plus tôt, en 1948, don Juan rencontra secrètement son ennemi, Franco, sur son bateau l'*Azor*, ancré dans le golfe de Gascogne. Il y aura un avant et un après. Le dictateur de cinquante-cinq ans bien établi et le prétendant au trône de vingt ans son cadet palabrent en tête à tête durant trois heures. Le Caudillo méprise l'héritier de la Couronne, un libéral, anglophile, fréquentant même des francs-maçons et des républicains, à l'abord sympathique et à l'allure athlétique. Décidément, tout les oppose, physiquement et idéologiquement. Ils s'accordent cependant sur un seul point : le prince doit être élevé en Espagne. Le père pense à la pérennité de la dynastie des Bourbons : il vaut mieux que son fils soit éduqué en héritier espagnol plutôt qu'en exilé suisse. Le Caudillo, lui, rassure ses alliés monarchistes et son protecteur américain en prenant sous son aile un enfant : un geste symbolique et facile gage de son ouverture et de ses bonnes intentions. Tout le monde est gagnant. Mais le retour de la monarchie est loin d'être acquis. Don Juan a juste mis le pied dans la porte à peine entrouverte par Franco. Pour notre héros qui se morfond dans son internat suisse, c'est un point d'inflexion dont il ignore encore tout.

« Aujourd'hui commencent nos véritables soucis », confie don Juan à sa femme au moment où le petit Juanito monte dans le train quil'emmène en Espagne. À dix ans, il découvre pour la première fois le pays dont son père parle tant, « son » royaume. Un pays pauvre, ravagé par la guerre civile et les purges, isolé du monde, soumis à la censure et la propagande. Une école est organisée autour de lui dans les environs de Madrid. Des rejetons de la haute aristocratie espagnole et des professeurs ont été dûment sélectionnés par don Juan. Cette enclave monarchiste déménage deux ans plus tard à Saint-Sébastien, dans le palais décrépit de Miramar balayé par les vents, autrefois élégante résidence estivale d'Alfonso XIII. Le frère cadet de notre héritier, prénommé lui aussi Alfonso, l'y rejoint. C'est autour de deux petits poêles que les altesses royales et la quinzaine de pensionnaires tentent de se réchauffer. Ils s'habituent à grandir loin de leurs parents, qu'ils retrouvent à Estoril pour les vacances.

En 1954, l'équivalent du baccalauréat en poche, Juanito entame une formation militaire. Pour être roi, il faut pouvoir être chef des armées. Entre dix-sept et vingt et un ans, celui qu'on appelle désormais Juan Carlos cohabite dans des casernes avec des officiers de tous horizons, souvent hostiles à la Couronne, qui finiront par devenir des alliés. Notre prince apprécie cette existence anonyme et contraignante. En bon petit soldat, Juan Carlos achève son cursus impeccable au sein des trois armées et entame une formation universitaire. Il commence à batifoler aussi, comme n'importe quel jeune de son âge, et il a un succès fou. « Il était beau, sympathique, et en plus il dansait bien. Que voulez-vous de plus ? » raconte sa sœur, l'infante Pilar. Mais il doit se choisir une élue qui sied à son statut d'altesse. Une mésalliance serait fatale à son destin royal. Il jette son dévolu sur Sofia, la fille aînée du souverain de Grèce, aux origines allemandes, formatée comme lui au monde réglé de la royauté. Un mariage de conte de fées est célébré à Athènes, prélude à une longue lune de miel de carte postale à travers le monde.

Les tourtereaux auraient pu choisir une vie oisive entre la Grèce et le Portugal et renoncer à toute prétention au trône d'Espagne, mais ils s'installent au palais de la Zarzuela. Ils deviennent les otages volontaires de Franco. Notre prince n'a pas de statut, ni même une promesse de fonction officielle. Et il comprend qu'il n'est pas seul dans la course à la succession du Caudillo. Parmi les nombreux concurrents, son cousin qui se mariera à la petite-fille du dictateur, est une épée de Damoclès bien affûtée au-dessus de sa tête. Les intentions de Franco restent pour l'heure énigmatiques. En attendant, il incite notre héros à connaître l'Espagne et les Espagnols. Il n'y a pas un recoin du pays qui n'ait pas été foulé par Juan Carlos, parfois mal accueilli par une population méfiante. La propagande antimonarchique du régime a fait des ravages. Notre apprenti souverain se résigne à observer, écouter et se taire. Il vit sous étroite surveillance, sans cesse scruté et mis à l'épreuve. Il ne peut se permettre le moindre faux pas. Pour se protéger, il s'enferme dans un mutisme de convenance, perçu comme une preuve de bêtise. Cette traversée du désert, à l'issue plus qu'incertaine, est égayée par la naissance des trois infants : Elena, Cristina et, enfin, l'héritier tant espéré, Felipe, en 1968.

Sept ans d'attente, de petites humiliations et de faux espoirs ont fait de notre personnage un homme coriace qui n'hésite pas à accepter la proposition du dictateur quand elle arrive enfin. Nous sommes en 1969, et Franco règne sur son pays depuis plus de trente ans. « Acceptez-vous d'être mon successeur à titre de roi ? » lui demande-t-il de manière inopinée à la veille de la trêve estivale. Juan Carlos n'a que quelques secondes pour se décider. Il pense à l'héritier légitime qui, selon les règles millénaires de la monarchie, devrait être don Juan, toujours en exil au Portugal. Par sa réponse positive, notre prince commet un acte de haute trahison à l'égard de son père et de la Couronne en l'associant aux valeurs franquistes. Un prix lourd à payer pour assurer un jour le rétablissement de la monarchie en Espagne. Il agit pour servir la cause monarchiste. Lorsque don Juan livra à son adversaire celui qui incarnait la survie de la dynastie, sans aucune contrepartie politique, dans un pays où crier « Vive le roi ! » était passible de prison, il fit un pari sur l'avenir dont le coût était son propre sacrifice. L'avait-il anticipé ? Pour l'heure, notre héros Juan Carlos est plutôt un antihéros, un fantoche soumis au régime devant encore faire preuve de patience. Le Caudillo, à la santé déclinante, laisse s'installer un climat délétère de fin de règne qui s'éternise et se crispe. Quand renoncera-t-il au pouvoir en faveur de Juan Carlos ?

La position du prince demeure précaire malgré sa nomination, assujettie au bon vouloir de Franco et à la vigilance tatillonne du régime. Et au Portugal, derrière l'image d'une famille unie, heureuse et épanouie que Juan Carlos me narre, le tragique affleure. Des failles encore difficilement avouables. Juan Carlos reste pudique : « Comme on dit en Espagne, *la procesión va por dentro*[1]. » Puis il s'emmure dans le silence.

1. « On souffre en silence. »

Mon insistance s'incline devant sa retenue. Je consens à ce qu'il garde pour lui ses souffrances, ses blessures. Je comprends qu'il ne tente pas de me mentir ou de me manipuler, qu'il ne peut juste pas partager l'indicible, la lourdeur de son cœur. Même les rois ont droit à leur intimité. À force de mener une vie publique, on tient à préserver le peu qui peut l'être du regard extérieur, inquisiteur.

IV

Un roi peut-il pleurer ?

1

Quand Juan Carlos parle de sa famille, son regard s'illumine. Tout sourires, il avoue avoir été choyé par sa mère. Cette femme grande, brune et plantureuse, au regard déterminé, incarne la féminité et la solidité. « Comme n'importe quelle mère, elle était en extase devant son fils ! C'était une personne entière. Elle m'a beaucoup aidé dans la vie », me confie-t-il. Sa sœur Pilar ajoute : « Juan Carlos était la prunelle de ses yeux. Ils s'entendaient à merveille. Mon père a toujours été persuadé qu'elle le gâtait trop. Mais il fallait bien que quelqu'un le gâte un peu ! » Comment ont-ils survécu à la douleur et la culpabilité de la mort du fils cadet Alfonso ?

Son décès reste un sujet tabou en Espagne, trop douloureux, trop intime, trop sulfureux pour être abordé. Comment en faire abstraction ?

Juan Carlos s'est forcément construit par rapport à ce deuil.

Il n'est pas facile de confronter aux souvenirs du désespoir ceux qui ont choisi de ne voir que les bons côtés de la vie. Je m'y risque quand même, quitte à affronter le mutisme ou une fin de non-recevoir. Je crois que je suis la première à oser le faire publiquement.

« Il y a eu un événement funeste qui est survenu dans votre jeunesse…

– Nous étions très unis. On s'aimait énormément. Ce fut un malheureux accident. Il me manque beaucoup. Je voudrais pouvoir l'avoir à mes côtés, pouvoir lui parler », me confie-t-il en regardant au-dessus de son épaule gauche, comme s'il espérait le voir.

Un silence s'installe que je laisse se prolonger. Juan Carlos poursuit, finalement : « Il était très sympathique. Il était très intelligent aussi. » Puis il se fige, comme si des images lointaines remontaient à la surface : « Il jouait au golf divinement bien. » Son visage se tend, son regard s'absente : « Enfin… comme on dit, la vie doit continuer. »

Que s'est-il passé le jeudi saint de l'année 1956 ? Pour la semaine sainte, Juan Carlos quitte sa caserne espagnole et ses habits d'élève officier pour retrouver les siens à Estoril. La maisonnée assiste comme à son habitude à la messe de Pâques. Puis don Juan et ses deux fils, de dix-huit et quinze ans, partent jouer au golf. Un emploi du temps banal pour la haute société de l'époque. À leur retour, les garçons montent dans la salle de jeux. Peu après, un coup de feu retentit. Alfonso rend l'âme. On ne connaîtra jamais les circonstances exactes de sa mort. Seule certitude : la veille, don Juan avait confisqué l'arme aux enfants. Ils avaient tellement insisté auprès de leur mère pour la récupérer que cette dernière avait fini par céder. Ni eux ni elle ne se doutaient que celle-ci pût être chargée.

Le lendemain du drame, la presse portugaise publie un communiqué officiel laconique : « Alors que Son Altesse l'Infant Alfonso nettoyait un revolver avec son frère, un coup est parti qui le toucha au front et le tua en quelques minutes. L'accident s'est produit à 20 h 30, après que l'Infant fut revenu du service religieux du jeudi saint où il reçut la communion. » Don Juan saisira l'arme qui a tué son fils et la jettera à la mer. Il n'y aura pas d'enquête judiciaire.

Deux trains sont affrétés d'Espagne pour les obsèques. Pilar, encore émue, me raconte : « Mon petit frère Alfonso était passionné de moteurs de voiture. Il était mécanicien par passion. Il parlait souvent aux chauffeurs de taxi d'Estoril, parfois même il démontait le moteur de leur voiture avec eux. Le jour de ses funérailles, les taxis ont emmené gratuitement les Espagnols de la gare à l'enterrement. C'est une chose incroyable, que mon petit frère a gagnée tout seul. Beaucoup de monde a assisté à l'enterrement. Mais nous, les femmes, nous ne sommes pas allées au cimetière. À cette époque, les femmes restaient à la maison. C'était comme cela, on ne discutait pas, on n'avait pas le droit d'y aller. J'ai eu beaucoup de peine mais il n'y avait rien à faire. Ce fut un moment très triste, vraiment terrible. »

À l'issue des obsèques, don Juan ordonne à son fils de réintégrer son académie militaire en Espagne. Juan Carlos se retrouve seul face au deuil. Il vient de quitter brutalement l'innocence. Sa mère part à Francfort dans une clinique. Et le silence s'impose. Je suppose que toutes les épreuves qu'il surmontera plus tard sembleront bien pâles en regard de cet accident fatal. Comment se relever après un tel drame ? Avec l'aide de Dieu ou en se rebellant contre le destin ? L'ombre du défunt soudera-t-elle encore plus le clan ? Est-ce afin de chasser ses démons que le roi filait en douce la nuit faire des tours de moto dans Madrid ? Autant de questions que je ne lui poserai pas. Par délicatesse, par respect pour la douleur. À regret.

2

Il y a une scène familiale qui me tire les larmes chaque fois que je me la remémore. C'est la scène du sacrifice, d'un père pour son fils, une scène quasi biblique. Dans laquelle l'amour affleure, un amour filial immense malmené par le devoir et l'allégeance à la Couronne. C'est l'histoire d'un renoncement. Nous sommes le 14 mai 1977, à un mois des premières élections législatives depuis plus de quarante ans. Un référendum a déjà ratifié à 94 % la réforme démocratique menée sous l'égide de Juan Carlos, roi en exercice depuis dix-huit mois. Grâce à cette légitimité populaire irréfutable, Juan Carlos n'est plus une hérésie instaurée par Franco. Il a réussi ce que son père n'aurait pas pu faire : établir un trait d'union entre les franquistes – grâce à son statut de successeur officiel du Caudillo –, l'armée dont il est issu, l'opposition de gauche qu'il respecte et une jeune classe moyenne dont il partage les aspirations. Tandis que don Juan ne bénéficiait d'aucun appui politique solide, encore moins au sein de cette nouvelle société espagnole qu'il ne connaît pas : les trente années d'exil l'ont coupé de la réalité sociale et politique du pays. Son Espagne à lui n'existe plus que dans les livres. C'est ce qui le décide à renoncer publiquement à ses droits dynastiques en faveur de son fils. Il n'y aura pas deux rois pour un même trône. Un geste pour l'Histoire, soulignant la dimension transcendantale de la monarchie.

Don Juan, imposant et sérieux, se tient ferme aux côtés de sa femme, vêtue toute de jaune canari. Il fallait oser s'afficher en tailleur jaune, mais les années 70 octroyaient des libertés insoupçonnées, même vestimentaires. Doña María de las Mercedes n'avait pas pour autant oublié de mettre son collier de perles. Allier modernité et tradition : est-ce là la clef de cette nouvelle monarchie à l'œuvre ? Ils sont entourés de leurs trois enfants et d'une brochette de petits-enfants. L'ambiance est formelle, les mines tirées, dans le grand salon du palais de la Zarzuela.

Don Juan prend la parole, devant une audience restreinte, composée de militaires et de têtes à cheveux blancs. D'une voix rauque de fumeur, il lit son discours rapidement, comme s'il voulait se débarrasser le plus vite possible de cette formalité : « Le moment est venu de remettre à mon fils le lien historique que j'ai hérité et, en conséquence, j'offre à ma patrie le renoncement aux droits historiques de la monarchie espagnole, aux titres, aux privilèges [...] que j'ai reçus de mon père Alfonso XIII. [...] En vertu de mon renoncement ; succède à mon père le roi Alfonso XIII, en plénitude des droits dynastiques, mon fils et héritier, Juan Carlos Ier. »

Puis don Juan se tourne vers Juan Carlos, se met au garde-à-vous et, en le regardant fixement, s'exclame avec énergie et autorité : « Sire, pour l'Espagne, tout pour l'Espagne. Vive l'Espagne, vive le roi ! » Juan Carlos, ému, initie un mouvement pour se rapprocher de son père, mais ce dernier fait un signe de tête formel, une révérence à laquelle Juan Carlos doit répondre. Ce n'est qu'après quelques minutes d'applaudissements que le fils peut finalement prendre son père dans ses bras, un *abrazo* plein de gratitude. Chez les altesses, la révérence l'emporte sur les embrassades, les égards sur les sentiments, la retenue sur l'exhibition. Le fruit d'une éducation et d'une transmission centenaires.

À force de les voir contenir leurs émotions, je ne peux retenir la mienne. Ce drame familial, passé sous silence par la presse de l'époque, éclate sous mes yeux compatissants : Juan Carlos est devenu roi à la place de son père, grâce à l'ennemi de son père. Même Shakespeare ne serait pas allé aussi loin. Mais n'est-ce pas don Juan lui-même qui l'a placé dans cette situation en l'envoyant étudier en Espagne à dix ans sous la tutelle de Franco ? Comment Juan Carlos pouvait-il réparer cette usurpation ? Et si le cadeau était finalement trop lourd pour le récipiendaire ?

Le roi et moi regardons les images de cette scène en silence. Comme à chaque fois, je suis remuée. Je me tourne vers Juan Carlos pour l'interroger. Son trouble est visible. Le fils semble avoir pris le pas sur le monarque. Il a mis ses coudes sur la table et reste absorbé. Je suis embarrassée, je me sens de trop. Il raconte enfin, d'un ton chargé de regret: « Ce fut une journée très émouvante. Je m'en veux de ne pas lui avoir attribué plus d'emphase. Si je devais le refaire, je lui accorderais plus d'importance. [...] Mon père s'est sacrifié pour l'Espagne. Si je suis ici, c'est en grande partie grâce à lui. Il a dit: "Maintenant c'est à toi et tu continues." Comme on dit en France, "chapeau" [et il fait le geste de soulever son chapeau]. Hériter de ça, c'est très important. J'ai toujours eu beaucoup de respect et d'admiration pour lui. Après cette cérémonie, j'en ai eu plus encore. »

Voilà des hommes qui appartiennent à la caste des rois, des esclaves volontaires, disposés à tous les consentements pour la monarchie. À soixante-quatre ans, don Juan, digne et rigide, retournera discrètement à Estoril, pour ne pas gêner le fils prodigue. Juan Carlos, lui, abdiquera en 2014 afin de laisser la place à une « génération plus jeune, avec de nouvelles énergies, décidée à entreprendre avec détermination les transformations et les réformes que la conjoncture actuelle exige, pour affronter [...] les défis de demain ». Toutes les abnégations sont bonnes pour sauver le trône.

Je suis plus habituée à la bataille des ego qu'à la majesté du pas de côté. Je ne connais guère d'exemple dans mon entourage qui accepte volontairement de vivre dans l'ombre pour que sa descendance prenne la lumière. Les ex-soixante-huitards sont plutôt du genre à s'agripper à leur position de mandarins et de maîtres à penser qui ne se lassent pas d'avoir raison depuis plus de cinquante ans. Est-ce pour cela que cette scène me touche tant ? Mais j'oublie les causes pour lesquelles Juan Carlos a dû renoncer à sa Couronne : exemplaire dans sa vie publique et défaillant dans sa vie privée. Le côté pile et le côté face du roi, inacceptable. Car il faut être roi vingt-quatre heures sur vingt-quatre, pur, irréprochable. Et si nous étions tous complexes et faibles derrière la face aimable que nous donnons à voir ? Nul n'est indemne. Cela n'excuse rien, évidemment. Mais comment braver le totalitarisme de l'innocence ? « Pour l'essentiel, l'homme est ce qu'il cache : un misérable petit tas de secrets », rappelle Malraux.

Lorsque Juan Carlos évoque son père, je suis encore plus troublée. Je ne savais pas que de tels liens pouvaient exister ailleurs que dans les films. Je ne pensais pas que cela était même possible. Personnellement, je ne l'ai pas connu. Je n'ai jamais réussi à idéaliser mes parents. Pourtant j'avais de quoi : les héros de la révolution, le ténébreux intellectuel et la séduisante fleur des Caraïbes, aussi intelligents que beaux et courageux. J'aurais pu croire à leur histoire, à leurs combats. J'aurais dû y croire. Mais j'y suis restée hermétique, ne voyant que leurs failles et leurs faiblesses, au point d'en avoir peur. Contrairement à leurs amis qui faisaient de leur vie une scène de théâtre, ils n'ont pas assez joué la comédie devant moi. Peut-être est-ce de là que vient mon intérêt pour la complexité et les ombres. Alors quand Juan Carlos me confie : « Mon père fut pour moi le meilleur conseiller, le meilleur ami, le plus fidèle allié... Il y avait une *entente* [dit-il en français]. Nous nous comprenions avec les yeux. [...] C'était un grand homme, et j'ai eu la chance de l'avoir comme père », je n'en suis pas revenue. Il parlait de celui qui l'avait confié à son ennemi, qui l'avait traité tel un pion sur l'échiquier du pouvoir, qui avait fait passer les impératifs de la Couronne avant ses états d'âme d'enfant.

Je me suis demandé si don Juan avait pu exercer une pleine paternité malgré la distance. Si justement cette distance n'était pas la cause de cette idéalisation. Ou le fruit d'un tiraillement entre deux figures paternelles, le démocrate en exil et le dictateur en Espagne.

« Vous ne vous sentiez pas divisé entre votre père et Franco ?

– J'étais comme une balle de ping-pong. Si les choses allaient bien entre eux deux, j'étudiais en Espagne. Si elles allaient mal, je rentrais au Portugal. Ma vie a été comme ça jusqu'à mon entrée à l'académie militaire, qui fut décidée en accord avec mon père et Franco. Je ne me sentais pas divisé car, à Madrid, je savais comment il fallait agir ou me comporter. D'un côté, il y avait mon père ; de l'autre, Franco. En Espagne, je ne pouvais pas mélanger les deux.

– Ce n'était pas une situation incommode ?

– On s'habitue. Ça devait être comme ça, eh bien c'était comme ça ! Il n'y avait pas d'autre option. [...]

– Est-ce que Franco fut votre mentor ?

– Non, pas du tout.

– Votre père alors ?

– Oui, malgré la distance. Il était loin physiquement mais, moralement, il était à mes côtés. Je l'ai toujours senti à mes côtés.

– Vous étiez quand même proche de Franco ? Vous aviez une certaine connivence ?

– C'est une personne qui parlait peu. Avec moi, il parlait plus, il rigolait même. Mais avec les autres, il était plutôt hermétique. Il y avait une certaine confiance entre nous, mais je crois qu'il m'étudiait tout le temps. Il cherchait à connaître ma mentalité, ma pensée. J'essayais d'être moi-même, de rester naturel avec lui.

– Qu'est-ce que votre père vous a appris ?

– C'est lui qui m'a inculqué dès l'enfance les valeurs de la démocratie. Je les ai dans les gènes ! »

Juan Carlos a ingurgité la démocratie au biberon. Est-ce la clef de sa motivation à démocratiser le pays ? Comment Franco ne l'a-t-il pas convaincu de poursuivre l'option dictatoriale ? Le père biologique a gagné sur le père adoptif. Ou est-ce l'inné sur l'acquis ?

Don Juan meurt le 1er avril 1993 d'un cancer des poumons. Juan Carlos lui organise des obsèques de roi à l'Escurial. Comme l'a déjà souligné l'infante Pilar, il fait un froid terrible ce matin-là dans l'imposante et austère résidence érigée par Felipe II au XVIe siècle, qui abrite la sépulture royale. Lorsque de Gaulle découvrit le paysage, à la fenêtre d'un des salons, une vue imprenable qui s'étend jusqu'à Madrid, il confia à son aide de camp : « Je me demande pourquoi les Espagnols sont partis pour l'Amérique. En voyant cela, on comprend bien des choses... » Ce fut le dernier voyage de De Gaulle. Il avait quitté le pouvoir fin avril 1969. Il était parti avec tante Yvonne se ressourcer en Irlande puis parcourir l'Espagne, une semaine de juin 1970, pour « connaître enfin l'empire de Charles Quint ».

Les funérailles de don Juan sont admirables de solennité. Il y a de la grandeur dans la sobriété. Devant un parterre de chefs d'État et d'altesses, devant les caméras du monde entier, Juan Carlos ne peut retenir ses larmes. L'Espagne voit, stupéfaite, son roi pleurer. Ce roi, toujours si gai et énergique, dévoile son autre visage, de souffrance et de désarroi. Ce pan tragique de son histoire jusqu'à présent enfoui, caché. Les monarques n'ont pas droit aux états d'âme, et encore moins de les exprimer publiquement. Mais ce 1er avril 1993, le verrou lâche, Juan Carlos est submergé par la tristesse. Le pays prend alors conscience du drame familial qui a permis la démocratisation du pays. Un sacrifice personnel pour un bien commun.

Le roi va désormais régner dépourvu de figure tutélaire. Est-ce le début de la fin, le début des égarements, des dérapages ? Son ange gardien disparu, son ascendant enterré, sa mission historique accomplie, l'insouciance et la frivolité pouvaient s'imposer. Plus de surmoi pour brider ses penchants inassouvis et inavouables. Personne ne l'a vu, personne ne s'en est douté.

3

Les chefs d'État ont le cuir épais. Le pouvoir suscite un détachement, par lassitude, par protection. Puisqu'il s'agit de ne gérer que des problèmes et de n'encaisser que des mauvaises nouvelles, la fonction rend insensible. Question de survie. J'imaginais Juan Carlos de cette trempe-là. À force d'enchaîner les audiences et les voyages officiels, de voir défiler les gouvernements sans avoir une prise directe sur eux, le roi devait bien être flegmatique face à ses obligations, et peut-être même face à l'actualité de son pays. Au bout de trente-neuf ans de règne, on a le droit d'être blasé. Alors lorsque je lui demande, en fin de journée, quand la nuit a envahi les beaux jardins de la Zarzuela et qu'on a même oublié la présence des caméras, dans cette atmosphère confinée de son bureau tapissé de boiserie sombre : « Majesté, quels sont les pires moments de votre règne ? », j'espérais qu'il me parle de ces deux dernières années d'opprobre passées entre opérations chirurgicales et désaveu de son royaume, dans la solitude de la déchéance. C'était l'heure des confidences. Et je voulais qu'il pose des mots sur ses maux.

Il me répond sans hésiter : « Des moments difficiles, j'en ai eu beaucoup. Mais pour être sincère avec toi, j'ai eu huit cents moments douloureux. Ce sont les huit cents victimes du terrorisme que nous avons eues. Et je suis très solidaire avec elles. » Et là, il est submergé par l'émotion. Des larmes coulent, de tristesse et de résignation. Je suis désemparée. Je n'ai jamais vu d'hommes pleurer, sauf à des enterrements ou au cinéma. Je baisse la tête, je crois que je ne suis pas prête à voir un roi s'effondrer, à voir mon héros fendre son armure. Je ne sais pas quoi faire, je n'ai pas de mouchoir, je n'ai pas les formules d'empathie. De longues minutes s'écoulent, interminables. Mon protagoniste est en fait une personne sensible et meurtrie. Je n'y étais pas préparée. Face au terrorisme, il n'y a finalement que rage et désespoir. Son impuissance à le contrer est sa croix.

Quand je suis arrivée en Espagne, la peur de l'ETA était réelle. On craignait que les indépendantistes basques gâchent la fête et commettent des attentats lors de l'inauguration de l'Expo universelle ou des Jeux olympiques en 1992. Les Espagnols ont vécu avec cette menace permanente jusqu'à leur reddition, en 2011. Sous le franquisme, ces terroristes étaient considérés comme de courageux opposants. Ils avaient réussi à faire voler dans les airs, en 1973, la voiture du Premier ministre Carrero Blanco. Un attentat spectaculaire qui ébranla le régime. Franco en fut tellement abattu qu'il ne put assister aux obsèques. Juan Carlos tint à les présider. On le voit, droit, tête haute, visage fermé, en uniforme militaire, derrière le cercueil de Carrero Blanco traversant Madrid en silence. Il n'a pas de gilet pare-balles.

« Pourquoi vous mettre ainsi en danger ? Vous étiez une cible idéale et facile.

– Il fallait montrer aux Espagnols que nous n'avions pas peur. Il fallait leur montrer que, face au terrorisme, on restait ferme.

– L'ETA a élaboré de nombreux attentats contre vous et la famille royale, tous déjoués, parfois à la dernière minute. Vous n'avez jamais eu peur pour votre sécurité personnelle ?

– Comme disait mon grand-père, *eso va incluido en el sueldo*[1]. »

Même après la mort de Franco, les attentats se sont multipliés, au point de mettre en péril le processus démocratique. Les assassinats,

1. C'est inclus dans le salaire.

enlèvements, extorsions, ont ponctué l'actualité. Les cibles étaient souvent des militaires ou des élus. Certains espérèrent que la violence s'arrêterait avec la démocratie, en vain. La France servait de refuge et de planque aux terroristes. Il fut très difficile de convaincre l'exécutif français de collaborer avec la police espagnole. Valéry Giscard d'Estaing fit des promesses vaines. Finalement, le gouvernement socialiste de Felipe González eut gain de cause auprès de Mitterrand.

Juan Carlos et moi parlons des années 80, que j'ai connues des deux côtés des Pyrénées, de son émotion lorsqu'il signa en 1986 le traité d'adhésion à la Communauté européenne, fruit de son opiniâtreté et apothéose de la normalisation de l'Espagne. Il n'aime pas s'étendre sur les dignitaires qu'il a croisés, par discrétion, pour éviter tout esclandre inutile. Ce qu'il pense des uns et des autres ne regarde que lui. Sauf Nelson Mandela dont il parle spontanément, au nom d'une solide amitié de vingt ans. J'insiste sur celui qui m'intéresse tout particulièrement, Mitterrand, qui m'a volé mes parents en leur attribuant des charges officielles :

« Certains prétendent qu'il était très monarchique dans sa manière d'être.

– Oui, c'est vrai…

– Un peu comme vous finalement ?

– On dit que je le suis aussi ! »

Et il éclate de rire. D'un rire d'enfant, communicatif. Juan Carlos n'est pas que sérieux. Il est connu pour ses blagues et à chaque pause j'ai eu droit à des histoires drôles ou des anecdotes cocasses, comme un camarade de classe qui essaie d'égayer la récréation. Je n'ai pas mémorisé ses traits d'humour, j'arrive rarement à le faire. On peut me les raconter à l'infini, je serai toujours un bon public. Mais face au roi, je résiste, j'essaie toujours de le bousculer. « Vous ne pensez pas que la monarchie est un régime anachronique ? » lui ai-je demandé d'un ton un peu péremptoire, juste avant de passer à table. Il avait convié toute l'équipe de tournage à partager des tapas et du bon vin avec lui. Serviettes en papier, *jamón serrano* et *queso manchego* sur des assiettes blanches au bord épais, comme dans n'importe quel bar espagnol. Rien de royal ou de révérencieux. On mange avec les doigts sans façon, on trinque. Il commente le vin, en fin connaisseur, et savoure le tout avec parcimonie car il fait attention à sa ligne. L'ambiance est chaleureuse et décontractée. Mais je suis mal à l'aise avec cette fausse proximité. Comme lorsque je me retrouve à faire la bise à son fils, le futur Felipe VI. À force de côtoyer Juan Carlos, les barrières du protocole sont tombées. Il m'a gratifiée de cette intimité provisoire comme d'un cadeau. Pourtant nous sommes ses sujets et il reste le roi. Même s'il fait tout pour annihiler cette frontière, la hiérarchie demeure, le jeu est pipé.

Dans le bureau de Juan Carlos, un tableau de Dalí tout en longueur accueille le visiteur. Je n'apprécie guère ce peintre, selon moi plus loufoque qu'intéressant, plus commercial que profond, mais le roi semble en être très fier. Je regarde la toile de manière dubitative. Il vient m'indiquer qu'il s'agit d'un cadeau de son ami Juan Antonio Samaranch, président du Comité olympique grâce à qui Barcelone a accueilli les Jeux d'été en 1992. Décidément, me dis-je, on s'accorde des largesses sympathiques entre puissants, dommage que ce ne soit pas un Velázquez ou un Picasso... Dalí n'était-il pas franquiste ? Tout comme Samaranch, d'ailleurs ? Je me demande même si Dalí n'a pas été anobli par le roi, ce qui ajouterait une pointe cocasse à ses fausses excentricités.

Juan Carlos s'empresse de préciser : « Mais la toile n'est pas à moi, elle appartient au Patrimoine national. » Sous-entendu : je ne possède rien en propre, tout ici relève de l'État, y compris les cadeaux qu'on me fait à titre personnel. Je suis étonnée de cette précision, qui arrive comme un cheveu sur la soupe, comme si le roi était sur la défensive. Il semble vouloir s'excuser de bénéficier d'objets précieux, de recevoir des dons dont la valeur est excessive pour le commun des mortels. Les palais et les collections d'art de ses ancêtres furent pour la plupart nationalisés par la République, et il n'en a jamais réclamé la propriété, à peine leur usufruit. Alors que les Républicains, dépouillés par le régime franquiste, ont pu récupérer leurs avoirs avec la démocratie. Lui, par désinvolture ou désintérêt, par excès de confiance ou par gêne, n'a pas tenté de se reconstituer un patrimoine privé. Contrairement à ses homologues européens, il ne possède officiellement aucun domaine, aucune maison de vacances. Il a mis à la mode Palma de Majorque – en y passant ses étés et en y invitant les plus importants chefs d'État – et le sport nautique, mais le palais de Marivent et le yacht royal appartiennent à l'État. Il a donné aux Espagnols l'image d'un roi au train de vie modeste, passant pour le plus pauvre des monarques du monde, bénéficiant d'une allocation annuelle pour le fonctionnement de la Maison royale de 8 millions d'euros, alors que celle de l'Élysée ou de la Couronne britannique sont respectivement de 100 et 50 millions. Son discours oscillait alors entre complexe d'infériorité et revendication d'une austérité moderne. Tout en étant le meilleur ambassadeur des entreprises espagnoles dans le monde, un VRP de luxe infatigable. Qui ouvre les portes et décroche les contrats à la pelle au nom du rayonnement du royaume d'Espagne. Maintenant que les scandales financiers royaux sont étalés dans la presse, je subodore qu'il tenait à ne pas éveiller soupçons et médisances. Pure spéculation de ma part...

Les 100 millions de dollars déposés en 2008 sur un compte en banque suisse sont un don du feu roi d'Arabie saoudite. Générosité désintéressée ou calculée ? Le roi Hussein de Jordanie lui a aussi offert en 1989 une villa sur l'île de Lanzarote, la Mareta. Un petit palais que le souverain hachémite avait fait construire dans un environnement sauvage des Canaries mais où finalement il ne mettra jamais les pieds. Juan Carlos aurait pu le garder pour lui et son usage exclusif mais il préféra le donner au Patrimoine national. Aucun Espagnol ne s'offusqua alors de ce cadeau. D'ailleurs aujourd'hui, les chefs du gouvernement y passent leurs vacances d'été sans état d'âme.

Les gratifications entre maisons royales sont un usage qui existe depuis que les monarchies règnent. Et certaines familles royales saoudiennes sont connues pour ne pas avoir le même rapport à l'argent que les Occidentaux... Dans le Golfe, la richesse jaillit à mesure que leurs puits de pétrole crachent de l'or noir. Un magot à disposition de familles royales toutes-puissantes, aux goûts extravagants, aux habitudes exubérantes, qui achètent des palais comme nous des briques de lait. Et qui s'avèrent aussi prodigues avec leurs amis qu'implacables avec leurs ennemis.

Juan Carlos poursuit la conversation sur l'art contemporain, qu'il apprécie en véritable connaisseur. Son jardin regorge de sculptures abstraites. Ma culture artistique s'arrête à Marcel Duchamp, j'ai du mal à renchérir. Il est honoré qu'Antonio López, un peintre espagnol incontournable, ait mis vingt ans à achever le portrait de la famille royale. J'avoue humblement en avoir vaguement entendu parler, confuse de ne pas être à la hauteur de la discussion. D'autant plus que je reste perplexe devant son Dalí. Que pouvait-il bien symboliser à ses yeux ? J'ai retrouvé une citation de l'artiste qui explique peut-être cet attachement : « J'ai toujours peint pour le peuple espagnol, pour le ciel d'Empordà [région catalane où il vécut], et pour le prince don Juan Carlos et la princesse doña Sofia. » Avec une pointe de déception, je questionne quand même les goûts de Juan Carlos, qui correspondent à cette élite soutenant arbitrairement la cote d'un artiste comme un cours de Bourse et créant par vanité leur fondation. Mais n'étaient-ce pas les ancêtres de Juan Carlos qui ont montré l'exemple ? N'ont-ils pas été les premiers mécènes des arts ? Le roi serait donc le digne héritier d'une tradition royale. Me voici rassurée. À chaque échange avec Juan Carlos, une petite voix intérieure m'habite, comme si nous étions trois à discuter.

V

L'aventure c'est l'aventure

1

On pourrait être dans un film d'espionnage, du type *Mission impossible*, sauf que le commanditaire s'appelle Juan Carlos, alors prince d'Espagne et successeur de Franco, la cible est le dirigeant communiste Santiago Carrillo exilé à Paris, et l'intermédiaire, le descendant direct de Christophe Colomb, Manuel Prado y Colón de Carvajal. Il n'y a ni Tom Cruise, ni cascades de voitures, mais beaucoup de risques, de secrets et de peur. J'ai baigné enfant dans des histoires de missions, d'espionnage ou de sauvetage, clandestines, sensibles, compliquées, qui se déroulaient en Amérique latine. Elles occupaient les conversations parentales : prendre une ambassade pour s'insurger contre une dictature, faire sortir des camarades de lutte, enlever le nazi Klaus Barbie en Bolivie pour le traîner devant les tribunaux français… C'était presque aussi haletant qu'une série Netflix. Depuis, j'ai un faible pour les films d'action, les récits politiques alambiqués, les antichambres sombres du pouvoir. Quand j'ai compris que Juan Carlos n'était pas qu'un prince terré dans son palais en attendant son heure, il m'est devenu sympathique, familier. J'ai même osé penser : nous faisons partie de la même famille, celle des aventuriers. Moi, par héritage ; lui, par conviction politique. Cette famille-là est du genre à se mettre en danger pour honorer ses principes, n'a pas la trouille, ne connaît pas la lâcheté et vibre dès qu'il s'agit de sortir du ronron de la banalité. C'est pour moi la véritable aristocratie, qui se fout des titres nobiliaires et des châteaux, dont l'engagement est un mode de vie et le risque, une opportunité. Un quelque chose de chevaleresque. Un mousquetaire, la frime en moins, le sang-froid en plus, et les idéaux en bandoulière.

Nous sommes en novembre 1975, une dizaine de jours avant la mort de Franco. Il est hospitalisé dans un état grave. Sa famille s'acharne pour le maintenir en vie. « Son Excellence le chef de l'État a très bien supporté ce matin sa troisième autopsie », dit-on dans les rues de Madrid. Juan Carlos a été nommé chef de l'État intérimaire mais le régime tient encore ferme les rênes du pouvoir. L'imminence de la bascule inquiète le jeune prince de trente-sept ans, sans aucune expérience réelle de la politique. Il souhaite mesurer les rapports de force entre les partis politiques, tous clandestins, dont il ignore le véritable poids. Depuis la fin de la guerre civile, Franco a érigé le Parti communiste en incarnation du diable. Juan Carlos a compris que ses réseaux d'infiltration au sein de la société espagnole étaient, malgré les persécutions et la censure, redoutables. Les communistes allaient-ils le laisser régner ? Ou tenter de le renverser ?

Notre apprenti va établir des contacts avec le Parti socialiste grâce à un ami d'enfance, Jaime Carvajal, avec qui il a partagé les joies et les peines du pensionnat. Tous les invités de Juan Carlos qui arrivaient au palais de la Zarzuela étaient fichés, et la liste atterrissait directement sur le bureau de Franco. Les deux comparses mirent en œuvre un stratagème que m'a raconté Jaime Carvajal : « J'avais l'habitude de circuler à moto. Les gardes de la Zarzuela me connaissaient bien, je venais souvent voir le prince. Un jour, j'ai emmené au palais Luis Solana, derrière moi, camouflé sous un casque. Les gardes m'ont laissé entrer, sans heureusement me demander l'identité du voyageur à l'arrière. » Ce dernier n'était autre que le dirigeant du Groupe socialiste universitaire de Madrid, déjà emprisonné deux fois par le régime.

C'est ainsi que le successeur de Franco a pu établir une relation directe avec un clandestin. Comment allait-il procéder pour faire passer des messages au PCE ? Le temps presse. Le décès du Caudillo pourrait survenir à tout moment.

Lors de la somptueuse célébration du millénaire de l'Empire perse organisée par le shah d'Iran en 1971, notre héros a noué d'utiles relations. Juan Carlos a rencontré Nicolae Ceauşescu, qui se vantait de maintenir une relation étroite avec Santiago Carrillo, le leader communiste exilé à Paris, qui avait pris l'habitude de passer ses étés en Roumanie. Ceauşescu était alors considéré comme un modéré, apprécié des démocraties occidentales. Mais, évidemment, l'Espagne n'entretenait pas de relations diplomatiques avec le bloc de l'Est. Début novembre 1975, Juan Carlos s'adresse à un ami intime, son homme de confiance, au patronyme irréprochable : Manuel Prado y Colón de Carvajal. Il a déjà excellé en marge des canaux diplomatiques officiels, pour faire passer des messages confidentiels au gouvernement américain. Ce fils d'ambassadeur, qui a étudié à Londres, Paris et Madrid, est prêt à tout pour la Couronne et pour Juan Carlos, à qui il répète : « Les monarchistes en Espagne tiennent tous dans un taxi ! » Son bras gauche amputé suite à un accident de voiture et sa bonhomie font de lui un homme insoupçonnable… jusqu'à ce qu'au début des années 2000 il soit incarcéré pour de sombres affaires financières, éclaboussant l'image du roi. Mais pour l'heure, il ne rechigne pas à être l'agent secret de Juan Carlos et s'envole sur-le-champ vers Paris où, grâce à l'entremise du frère du fameux torero Luis Miguel Dominguín, celui-là même qui avait fait chavirer le cœur d'Ava Gardner, il s'entretient discrètement avec l'ambassadeur de Roumanie en France. Il n'a aucune lettre de créance de Juan Carlos. Le moindre faux pas ou la moindre preuve écrite pourrait provoquer un scandale irrémédiable.

L'ambassadeur lui permet de débarquer à Bucarest sans laisser de trace de son voyage. Il est alors retenu trois jours dans l'entresol d'une résidence surveillée, où on lui passe en boucle des films à la gloire du *Conducator.* « Il y a eu des moments où j'ai cru que je ne reverrais pas ma patrie ni ma famille », confessa-t-il plus tard au roi. L'émissaire rencontre finalement Ceauşescu.

Juan Carlos m'explique : « Il fallait que le président roumain dise à Carrillo que le futur roi d'Espagne voulait légaliser le Parti communiste mais qu'il déciderait du moment et de la manière. […] Je savais que je ne pouvais pas faire une démocratie sans la légalisation de tous les partis politiques dont le PCE. Mais il ne fallait pas que les communistes bougent, sinon l'armée allait les contrer frontalement. » L'obsession de Juan Carlos est alors d'éviter une autre guerre civile, de désamorcer un éventuel conflit.

La Sécurité roumaine découvre que l'envoyé spécial du roi a enregistré à son insu sa conversation avec Ceauşescu, ce qui lui vaut d'être mis à nouveau au secret durant deux jours, avant d'être renvoyé à Genève sur un vol régulier. Quelques semaines plus tard, un ministre roumain débarque à Madrid pour s'entretenir avec Juan Carlos. « Personne au gouvernement espagnol n'était au courant de son arrivée. Lorsque je l'ai rencontré, je lui ai demandé comment il avait fait pour rentrer en Espagne si discrètement. Il m'a répondu : "Nous avons les contacts nécessaires." Il apportait la réponse de Santiago Carrillo : "Il faudra déterminer un délai, pas trop long, pour que la promesse de légalisation devienne effective. En attendant, le Parti communiste ne se soulèvera pas contre le roi." » Juan Carlos est soulagé de ce *gentlemen agreement* entre deux personnes qui ne se connaissent pas, voire même que tout oppose... Les risques encourus en valaient la peine. Dans le dos du régime, il soigne ses arrières et pose les premiers jalons de sa politique.

2

« Quand on va apprendre que je pensais déjà à cette époque légaliser le Parti communiste, certains vont croire que je les ai trahis », admet le roi, pensif, les yeux baissés sur son bureau.

Une scène de *La guerre est finie*[1] me revient alors. Le majestueux Yves Montand, qui interprète un militant communiste, s'énerve. Il est superbe, profond, torturé, et lance :

« La malheureuse Espagne, l'Espagne héroïque, l'Espagne au cœur : j'en ai par-dessus la tête. L'Espagne est devenue la bonne conscience lyrique de toute la gauche : un mythe pour anciens combattants. En attendant, quatorze millions de touristes vont passer leurs

1. Film réalisé par Alain Resnais en 1966. Scénario de Jorge Semprun.

vacances en Espagne. L'Espagne n'est plus qu'un rêve de touristes ou la légende de la guerre civile. [...] Et la légende de la guerre civile aussi, ça suffit comme ça ! Je n'ai pas été à Verdun, moi, et je n'ai pas non plus été à Teruel, ni sur le front de l'Ebre[1]. Et ceux qui font les choses en Espagne, des choses vraiment importantes, n'y ont pas été non plus. Ils ont vingt ans et ce n'est pas notre passé qui les fait bouger, mais leur avenir. L'Espagne n'est plus le rêve de 36, mais la vérité de 65, même si elle semble déconcertante. Trente ans se sont passés et les anciens combattants m'emmerdent ! »

Montand, magnifique, dit tout haut ce que Juan Carlos osera penser, dix ans plus tard, tout bas. Des propos écrits par le visionnaire Jorge Semprun, qui anticipe la tâche immense du futur roi de réconcilier les Espagnols sous les auspices d'une monarchie issue du franquisme. La majorité a grandi sous la dictature et toutes les familles ont été déchirées par la guerre civile. Mais, comme me le raconte avec malice mon ami, mon « parrain » espagnol, le député Alfonso Guerra, vice-président socialiste du gouvernement : « La pression de changement venait de la société qui n'en pouvait plus de vivre dans un environnement fermé,

1. Célèbres combats durant la guerre civile.

cloîtré. Certains avaient connu autre chose : les émigrés qui avaient dû fuir le pays, quand ils revenaient, ils comparaient. Et les touristes aussi. Je le dis comme une blague : la démocratie espagnole doit beaucoup aux touristes qui venaient sur les plages en bikini. À la fin de la dictature, les femmes espagnoles se baignaient en robe. Et les étrangères, elles, arrivaient en bikini. On a vite compris qu'il y avait un autre monde et qu'il était bien mieux ! C'est comme ça que l'opération "transition démocratique" a commencé. »

C'est cette Espagne franquiste et grise, arriérée et renfermée, qui m'échappe. Celle dans laquelle Juan Carlos a grandi et s'est formé. Je suis née alors que le processus démocratique débutait. Je n'ai connu que l'Espagne de la Movida, extravertie, ouverte et dynamique, dont on retrouve l'audace dans les films d'Almodóvar. En peu d'années, le pays a radicalement changé de visage. « Même sa mère ne le reconnaîtrait pas », disait-on fièrement à Séville lorsque j'y habitais. Mario Vargas Llosa, « le Rolling Stone de la littérature » comme le qualifie son fils, me décrit cette Espagne franquiste, qu'il a connue en 1958 quand il a quitté son Pérou natal pour faire un doctorat à l'université de Madrid : « À Lima, nous étions plus au courant de ce qui se passait en France qu'en Espagne. À cause de la censure qui était terrible, on ignorait ce qui arrivait au-delà des frontières espagnoles. Dans la pension où j'étais logé, on allumait secrètement Radio-Paris pour avoir des nouvelles. À l'université, mes camarades de doctorat ne savaient pas qui étaient Sartre ou Camus. Des groupuscules, de manière clandestine, se débrouillaient pour faire venir des livres, mais c'était un petit réseau très confidentiel. Je me souviens d'avoir vu sur l'artère principale de Madrid une femme gronder de manière très agressive une jeune fille. "Quelle obscénité, une fille en pantalon !" criait-elle. À l'université, des collègues ont arrêté de me saluer lorsqu'ils ont su que je n'étais pas marié religieusement mais uniquement civilement. Ils ne m'ont plus parlé. Voilà, ça, c'était l'Espagne de Franco. » Pendant ce temps, l'Europe goûtait au rock, à la minijupe et aux trente glorieuses.

L'Espagne n'a jamais fait comme les autres. Terre irascible et coriace. Déjà Soliman le Magnifique n'avait pas réussi à l'envahir. Trois siècles plus tard, elle résista aussi à Napoléon, une troupe de gueux dépenaillés déroutant l'armée la plus puissante d'Europe grâce à une lutte de harcèlement, qualifiée plus tard de « *guerrilla* ». Son destin fut toujours à part : première puissance mondialisatrice avec la découverte des Amériques, puis longtemps empire le plus vaste et riche du monde, celui de Charles Quint (Castille, Aragon, Portugal, Sicile, Milan, Naples, Flandres, Luxembourg, les Indes), « *el imperio donde nunca se pone el sol*[1] ». Toujours à part, l'Espagne restera même à l'écart des deux guerres mondiales. Franco ne réussit pas à s'entendre avec Hitler, qui dira après leur tête-à-tête qu'il préférait se faire arracher une dent plutôt que renouveler cette rencontre. Le franquisme ne fera qu'exacerber cette épopée solitaire.

J'ai révélé deux figures incontournables de mon panthéon personnel. Ils appartiennent à cette fameuse aristocratie de l'engagement et de la responsabilité. Ce qui me permet d'en rassurer certains : Juan Carlos ne règne pas en seul et unique protagoniste de mon royaume de héros. Il partage la vedette avec d'autres, notamment Alfonso Guerra et Mario Vargas Llosa. Le premier fut fondamental dans mon lien affectif avec l'Espagne. Un pays doit être incarné, pas seulement par des odeurs et des couleurs, par des monuments et des musées, mais par des amis, des figures d'attachement.

Quand j'ai rencontré Alfonso, en 1989, il était vice-président du gouvernement socialiste[2], le second de Felipe González, au pouvoir

---

1. « L'empire où le soleil ne se couche jamais. »
2. Charge qu'il occupa de 1982 à 1991.

depuis 1982. Pour la première fois, un roi cohabitait avec la gauche. Mes parents avaient sympathisé avec ce jeune militant socialiste clandestin lors de la mobilisation contre la dictature de Pinochet à Paris. Ils se retrouvaient vingt ans plus tard, auréolés de titres et de fonctions officielles, mais avec cette complicité et cette énergie intactes. Il m'a prise sous son aile, moi l'adolescente parisienne et paumée. Ce Sévillan, sagace et drôle, cultivé et incorruptible, issu d'une famille aussi nombreuse que pauvre, dirigeait les affaires du pays à Madrid du lundi au vendredi, et rentrait chez lui le week-end auprès de sa femme et de son fils. Il m'apprit qu'on pouvait vivre le pouvoir simplement, sans être reclus dans un bureau, entouré de secrétaires et de conseillers. Il conduisait sa voiture, marchait sans garde du corps alors que la menace terroriste était réelle, payait ses notes de restaurant, se laissait aborder par les passants pour le critiquer, le remercier ou parler foot. Il m'emmenait aux meetings du PSOE (Partido Socialista Obrero Español), il me racontait la transition démocratique, dont il fut une cheville ouvrière, en déambulant dans les ruelles du quartier de Santa Cruz, il passait me prendre au collège pour aller voir une expo ou assister à une présentation de livre. J'étais en jean trop grand, arborant un T-shirt avec la caricature de Staline dont il se souvient encore. Et mois après mois, il me fit de plus en plus andalouse et de moins en moins française. Il m'ouvrit aux entrelacs de la politique et de l'histoire contemporaine espagnole. J'ai rarement parlé à un homme politique aussi intelligent. Il y a des rencontres déterminantes.

Lorsque Alfonso Guerra s'est cassé la cheville, avant même que ses collègues et amis s'enquièrent de son état, le roi l'a appelé. Juan Carlos sait toujours tout avant tout le monde. Le privilège d'un monarque est d'être mieux informé que ses sujets. « Je te recommande de prendre une gélule de "Tranquiline" », lui dit-il. Et il lui téléphonera plusieurs fois pour vérifier qu'il prenait bien le médicament. Ils se taquinaient souvent. Alfonso lui lançait : « La monarchie est moins légitime que la république. La monarchie s'hérite, alors que la république se vote. Personne d'un peu rationnel ne peut être monarchiste. Même vous, vous ne pourriez pas être monarchiste. » Juan Carlos éclatait de rire et devait lui rappeler en bombant le torse qu'il était *el rey.* Un roi qui l'on pouvait charrier. Un roi à qui l'on pouvait tout dire, tout demander. J'ai éprouvé cette précieuse liberté face à lui.

Mario Vargas Llosa incarne la résistance intellectuelle à la doxa. Je ne suis guère sensible à son discours politique libéral, mais j'admire d'autant plus ses romans que, chez nous, l'imaginaire n'est pas valorisé, seuls les concepts et les théories comptent. La littérature contemporaine est reléguée en seconde ligue. Mais moi, ses romans m'ont parlé, fait voyager, rêver. Il s'est toujours montré, avant ou après son prix Nobel, aussi chaleureux que certains intellos français peuvent être froids et arrogants ; bien plus courageux que d'autres qui s'aventurent tout au plus sur les plateaux télé. Il a préféré la démocratie et la liberté à la révolution cubaine ou chaviste : un choix qui le coupa de l'intelligentsia. Il a même osé se présenter aux élections présidentielles péruviennes, au risque d'être dénigré par son pays natal. Alors qu'il était sur le point d'être privé de sa nationalité par vengeance politique, Juan Carlos en fit un citoyen espagnol avant d'en faire un marquis. En insatiable promoteur de la langue et de la culture hispaniques, le roi avait su distinguer un de ses brillants protagonistes.

Depuis 1976, chaque 23 avril, pour commémorer la mort de Cervantès et celle de Shakespeare, survenues le même jour, Juan Carlos remettait le prestigieux prix de littérature Miguel de Cervantès, une sorte de prix Nobel des lettres hispaniques, prélude à une belle réception au palais royal réunissant écrivains et éditeurs. Le roi se voulait le monarque des intellectuels et d'une langue. Il savait que, sans culture, son royaume ne brillerait qu'à moitié.

3

Comment Juan Carlos a-t-il pu mener un double jeu durant si longtemps ? Comment a-t-il pu se soumettre à Franco, déjouer sa surveillance, dérouter sa méfiance ? Comment même a-t-il pu tolérer de vivre sous la coupe d'un dictateur ? Le roi n'émettra jamais de critiques à l'égard de son protecteur, à mon grand désarroi. Dans les faits il le renie, mais dans le discours il le respecte. Est-ce ce clivage qui lui a permis de justifier ses choix politiques ?

Francisco Franco reste un personnage trouble. Ses origines galiciennes – à quoi on associe une certaine froideur, méfiance et réserve –, son indécision feinte et calculatrice, sont autant d'atouts pour s'accaparer le pouvoir absolu durant quarante ans, mais n'aident guère à le déchiffrer. Le genre d'homme qu'on croise dans les escaliers, sans saisir s'il les monte ou les descend. Il est l'incarnation d'une Espagne catholique, sage, traditionnelle, soumise. Cette Espagne qui a résisté aux Lumières de Napoléon. Cette Espagne faite de *latifundistas*[1], dominée par une poignée de grandes familles aristocratiques. Une Espagne fière et même austère, autarcique, ramenée à son destin péninsulaire après avoir conquis le monde. Franco en est la personnification. Mais il y a plusieurs figures en une.

Il est le jeune militaire ambitieux, complexé par sa petite taille au point de se promener toujours à cheval, par sa voix de fausset qui dessert même ses meilleurs discours, par sa situation familiale embarrassante suite à l'abandon du père parti fonder un autre foyer à la capitale. Il est le second de la fratrie, le plus chétif et fragile, poussé par une mère pieuse et attentionnée qui l'incite à s'élever, à chercher la gloire pour Dieu et son pays. Quoi de mieux que l'armée pour lui assurer une promotion sociale et des honneurs ? La campagne du Rif (1913-1915) au Maroc lui sert de tremplin. Il se forge une popularité auprès de ses camarades. Il a la baraka. Il sort toujours indemne de ses échappées téméraires sur le front. Cette

1. Grands propriétaires terriens.

réputation d'invulnérabilité le suivra désormais partout. Est-ce la protection de Dieu ? Cette renommée n'affecte en rien son caractère impassible, timide, puritain. On ne lui connaît aucune aventure amoureuse hormis sa femme, Carmen Polo, envers laquelle il se montrera toujours dévoué, peut-être même soumis. Pour que sa future belle-famille issue de la grande bourgeoisie accepte l'union avec ce parvenu, il faudra compter sur le parrainage du roi Alfonso XIII, qui n'hésite pas à le promouvoir.

Puis il y a le conquérant, l'homme de la guerre civile, imperturbable face au déchaînement de violence, à la cruauté des règlements de comptes, quitte à prolonger des combats pour créer une légende, une mythologie de la croisade nationaliste et catholique contre les dangereux rouges. Et pour mieux s'ancrer au pouvoir, il n'hésite pas à supprimer ses ennemis. Ce qui se résumera tristement en « l'holocauste espagnol ». Franco se retrouve dans les années 40 à la tête d'un pays décimé, misérable, isolé et ruiné. Certains imaginent alors que, même sans la pression des Alliés, le régime pourrait s'effondrer de lui-même. L'Espagne exsangue pouvait-elle tenir à coups de messes géantes et de culte de la personnalité d'un homme dénué de charisme et d'éloquence, affichant un masque impénétrable à toute épreuve ? Mais il s'attelle méthodiquement à sa mission messianique dont la patrie a besoin pour rétablir l'ordre, la morale, l'honneur, la religion. Et sortir enfin de ce sentiment de déclin qui l'assaille depuis des siècles.

Cet être solitaire qui réussit la gageure de devenir populaire, ce père de famille tranquille et dévoué, fera de l'Espagne une sorte de caserne couronnée par un demi-roi, lui, le guerrier implacable et cruel devenu homme de pouvoir, fascinant de malice et de tactique. Et là, il a un coup de génie, qui révèle tout son pragmatisme : il sort de l'autarcie officiellement revendiquée qui mène le pays à la ruine pour se lancer, à partir de 1957, dans un développement économique capitaliste. Il mise sur de jeunes ministres technocrates issus de l'Opus Dei pour changer la face de l'Espagne. Grâce à ce « miracle espagnol », Franco devient le père bienfaiteur et indiscutable de la nation. Il oppose des tendances politiques internes au régime pour mieux régner, soutenu par une nouvelle classe moyenne florissante et reconnaissante. Le pays s'est plus ouvert économiquement que culturellement ou politiquement. Qu'importe. Franco est devenu synonyme d'une Espagne qui va bien. Après des siècles de crises et de chaos, il est l'homme de la croissance et de la stabilité. Son seul défaut est de ne pas être immortel. Sa santé se dégrade. Il ne dévoile rien de ses projets pour sa succession et continue de s'adonner aux plaisirs de la chasse, de la pêche et de la télévision, sans renoncer à son pouvoir absolu.

Lorsque le Caudillo rencontre pour la première fois son protégé, c'est un enfant de dix ans, séparé de sa famille, vulnérable et isolé. Franco n'a pas eu de fils, juste une fille. Et ce n'est pas parmi ses sept petits-enfants qu'il va choisir son héritier. Un des privilèges des autocrates est de pouvoir désigner leur successeur. Il reste fidèle à la monarchie et à la branche directe des Bourbons d'Espagne. Don Juan, exilé depuis trente ans, n'aurait pas été accepté par le régime, ni par les forces armées. Le jeune Juan Carlos fut sans doute flatté d'être l'élu, au point de me décrire un Franco ouvert et aimable. La fille de révolutionnaires que je suis a du mal à l'avaler.

« Vous souvenez-vous de votre première rencontre avec Franco ?

– Je m'en souviens très bien car j'étais vraiment impressionné. Il s'est montré chaleureux. Je me rappelle qu'il y avait une souris qui se baladait dans le bureau de Franco. Le général m'a demandé : “Que regardez-vous ? ” Et je lui ai répondu : “Regardez, il y a une souris !” Ensuite il m'a offert un fusil, que je conserve encore en souvenir. Il a été très sympathique.

– Quand avez-vous eu une relation plus étroite avec lui ?

– À partir des années 60, quand je me suis installé à Madrid. Franco ne parlait pas beaucoup. Mais avec moi, il discutait. On rigolait même, parfois. J'allais le voir régulièrement. Il me posait des questions. Comme il ne sortait presque jamais, et que moi je sortais beaucoup, je lui racontais comment je voyais les choses. Je lui disais ouvertement ce que je pensais, même si je savais que ça n'allait pas lui plaire. Je lui demandais : "Mon général, pourquoi vous n'ouvrez pas un peu ?" Et il me répondait : "Ça vous pourrez le faire vous, moi je ne peux pas."

– Pensez-vous qu'il anticipait les changements démocratiques que vous alliez entreprendre ?

– Je suis rentré d'un voyage officiel aux États-Unis où j'avais eu un petit déjeuner prétendument *off the record*, mais tout se retrouva dans la presse américaine dès le lendemain. Franco, en bon Galicien, m'a déclaré : "Altesse, il y a des choses qu'on peut dire là-bas mais qu'on ne doit pas dire ici. Et il y a des choses qu'on doit dire ici, qu'on ne peut pas dire là-bas."

– Vous étiez tout de même soumis au régime... Comment faisiez-vous pour ne pas être associé à Franco ?

– Je me souviens qu'un jour on m'avait prévenu que Franco allait assister à une célébration et que je devais me rendre au palais du Pardo.

Quand Franco me vit arriver, il me demanda: "Mais qu'est-ce que vous faites ici ?" Je suis resté interloqué. Je lui ai répondu: "Je viens vous accompagner." Et il m'a rétorqué: "Il y a des cérémonies officielles qui ne relèvent que de moi, auxquelles vous ne devez pas venir." Il s'agissait d'une célébration de la Phalange. "Vous, vous devez rester à part."

– Il pensait que son régime était "bien ficelé", que vous ne pourriez rien changer de fondamental.

– La veille de sa mort, il m'a pris la main et m'a déclaré: "Altesse, la seule chose que je vous demande est de maintenir l'unité de l'Espagne." Et ça, ça veut dire beaucoup de choses. Il ne m'a pas dit: "Maintenez ça ou faites ça." L'unité de l'Espagne, et pour le reste… [Juan Carlos hausse les épaules.] Je l'ai compris ainsi.

– Durant l'année précédant sa mort, le régime se raidit tout de même.

– Oui, en effet, et ça m'a beaucoup préoccupé.

– En tant que successeur désigné, vous étiez associé au régime.

– Ce n'était pas évident. J'ai accepté d'être le successeur de Franco pour servir l'Espagne. Je me disais qu'un jour je démontrerais au monde ce que je voulais pour le pays.

– Sur une image, on vous voit derrière Franco, devant un parterre de gens levant le bras pour faire le salut fasciste. À quoi pensez-vous à ce moment-là ?

– Ce n'était pas facile. Je me disais : "Tous ces gens-là, je vais devoir les faire changer d'avis ! [Juan Carlos rigole.]

– Vous ne le voyiez pas comme une mission impossible ?

– Difficile, mais pas impossible. »

Comme disait Lénine, *là où il y a une volonté, il y a un chemin*. Mais à l'époque, le chemin est vraiment ténu. Nul n'imagine Juan Carlos en chef d'orchestre de la transformation. Il est alors perçu comme un pâle héritier du dictateur, aux capacités intellectuelles limitées.

Tel un « tournevis », j'insiste sur ses liens compromettants avec le régime franquiste. La tension monte. Il met ses coudes sur le bureau pour mieux s'appuyer et me regarde fixement. Son air est devenu brutalement sérieux. D'un ton sec, qui frôle l'énervement, il me lance : « Maintenant, c'est moi qui vais vous interroger. Au lieu que ça soit vous qui me mitrailliez de questions, c'est moi qui vais vous demander quelque chose. Si par hasard je n'avais pas accepté d'être le successeur de Franco, comment croyez-vous que j'aurais pu faire tout ce que j'ai fait, comment aurais-je pu être ici en train de vous raconter la Transition ? Ce n'est qu'en étant désigné par Franco que j'ai pu faire, avec les

Espagnols, avec les politiques, tous ces changements pour le pays. C'est parce que Franco a dit : "Tu es le prochain, tu es celui qui va être au pouvoir après moi." Sinon, je n'aurais pas pu. Point final. » Je ravale mon idéalisme. C'est la seule fois que notre conversation prit un tour frontal.

4

Le 20 novembre 1975, Franco meurt après une interminable agonie. Le silence s'abat sur l'Espagne. Une gravité faite d'incertitudes s'installe. « On pouvait venir m'offrir la couronne sur un coussin comme m'envoyer la garde civile avec l'ordre de m'arrêter », reconnaît Juan Carlos. Mais on ne discute pas les injonctions du Caudillo. Trois jours plus tard, Juan Carlos est proclamé roi par un Parlement franquiste. Il va désormais régner sur un pays qui est tout sauf monarchiste. L'opposition, méfiante, accorde le bénéfice du doute au plus jeune chef d'État d'Europe ; les franquistes le sous-estiment et le respectent à peine. Il n'est aimé de personne mais a hérité de toutes les prérogatives du Caudillo. Il peut surtout compter sur le soutien de l'armée, dont il est le général en chef. Ses quatre années passées au sein des académies militaires lui ont permis de souder des réseaux d'amitié indispensables. Certains observateurs internationaux redoutent même une seconde guerre civile. L'avenir de l'Espagne préoccupe.

Juan Carlos décrète une amnistie partielle des prisonniers politiques, jugée trop timorée par la gauche. Ce geste prudent serait-il une preuve de faiblesse ? Il place à la tête du Parlement un complice, son ancien professeur de droit, Torcuato Fernández-Miranda, qui prône la recette magique de la Transition : « Aller de la loi à la loi, en passant par la loi. » Évoluer dans la continuité sera la ligne directrice d'une réforme démocratique en douceur, mais personne n'y croit encore. Un mouvement de grève sans précédent depuis 1936 inaugure un rapport de force périlleux : à la contestation et aux revendications répond une répression digne de Franco. Bilan : cinq morts et une soixantaine de blessés. La tension politique est à son maximum.

« Avez-vous été surpris par l'ampleur de ces manifestations ? L'Espagne n'avait pas vécu ça depuis quarante ans.

– Elle ne l'avait pas vécu car ce n'était pas permis. Les gens venaient juste exprimer leur mécontentement et leurs attentes. Tu connais bien ça, toi, dans ton pays…

– En France, nous sommes en effet des experts en grèves et manifestations mais, là, votre gouvernement a répondu de manière un peu trop ferme…

– C'était le gouvernement que j'avais hérité de Franco. Comme je ne voulais pas provoquer de rupture brutale mais assurer une évolution, je n'ai pas changé de gouvernement. Cela a impliqué de supporter des choses difficiles. »

En trois mois, Juan Carlos a perdu quelques kilos de stress. Les cernes sous ses yeux trahissent son anxiété. Le pouvoir use vite, même à trente-huit ans. Il entre en contact direct avec le pays. Il prend des bains de foule en Andalousie, une des zones les plus précaires. Et en Catalogne, la région la plus encline à l'agitation, il tient son premier discours en catalan, langue interdite par Franco. À Washington, il promet au Congrès américain la démocratie en Espagne. Puis il se débarrasse enfin de son Premier ministre hérité de Franco, Arias Navarro, qu'il qualifie publiquement de « désastre total ». Mais le pays s'enfonce dans une crise économique sévère, qui impose un frein brutal au « miracle espagnol », et l'opposition perd patience. La monarchie de Juan Carlos pourrait être de courte durée… Et là, il joue son joker : il désigne à la tête du gouvernement Adolfo Suárez. Un choix que personne ne comprend : « Quelle immense erreur ! » s'exclame à l'unisson la presse espagnole comme internationale. Juan Carlos fait fi du désarroi général. Ce qui est alors considéré comme un faux pas deviendra son coup de maître.

Qui est ce beau et jeune chef du gouvernement au regard intense et à l'expression volontaire ? Ce politicien de second rang est un pur produit du régime franquiste. Ambitieux, il ne doit son ascension sociale qu'à son travail et son acharnement. C'est en tant que directeur de la télévision espagnole qu'il a rencontré Juan Carlos. Ils partagent une vivacité d'esprit, un courage et, surtout, une envie de changement. Adolfo Suárez devient secrétaire général du Mouvement national, le parti unique, ce qui ne l'empêche pas de défendre au Parlement un projet de loi en faveur de la légalisation de tous les partis politiques. Il n'est pas à une audace près ! Juan Carlos décèle en lui l'énergie, le charisme et l'ouverture nécessaires pour entamer un dialogue avec la gauche. Il n'éveille pas la méfiance de l'armée ou des franquistes, qui le jugent inexpérimenté. Personne ne parie sur sa longévité. Le roi lui confie la tâche de démanteler les rouages du franquisme, dont il est issu et qu'il connaît parfaitement. Mais comment faire accepter aux franquistes l'inacceptable, et à l'opposition, un processus démocratique émanant de la légalité franquiste ?

Une nouvelle génération accède au pouvoir. Pour la première fois depuis quarante ans, aucun des membres du gouvernement n'a fait la guerre civile. Leur jeunesse est un affront à la gérontocratie dominante sous Franco. Un nouveau style politique s'impose, moderne, efficace, rapide. Les réformes vont s'enchaîner à une cadence effrénée, calibrées en fonction de ce que les forces armées peuvent encaisser : liberté syndicale, réintégration au sein de l'Université des professeurs bannis sous la dictature, les portraits du Caudillo décrochés des lieux publics, autorisation de médias libres... Juan Carlos tranquillise l'armée, tandis que Suárez entame des négociations secrètes avec la gauche. Un jeu d'équilibrisme fragile. La susceptibilité des militaires est à vif, et ils ont les moyens de renverser la monarchie.

Le président du Parlement, Torcuato Fernández-Miranda, s'attelle à la lourde tâche de rédiger un texte de loi sur la réforme politique qui s'ajouterait à la législation franquiste existante, sans la modifier formellement mais en permettant sa transgression, dans le but de la faire imploser. À la rentrée 1976, la proposition de loi est présentée devant le Parlement. Suárez convainc chaque élu un par un. Un franquisme sans Franco n'est pas viable. Le roi tente d'entraîner un soutien populaire en parcourant le pays et sert de tampon avec le pouvoir militaire. La loi est finalement approuvée à l'unanimité.

Une image de Suárez m'a marquée : à l'annonce des résultats du vote, assis au premier rang de l'hémicycle aux côtés des membres du gouvernement, il penche sa tête en arrière et ferme les yeux. Il reste là, immobile, de longues secondes, alors que les autres se lèvent pour applaudir. Il est saisi par le soulagement, ou l'importance historique du moment, ou les deux. Les franquistes ont accepté ce suicide politique un an seulement après la mort du Caudillo. Certains restent persuadés de pouvoir limiter l'ampleur de la réforme en votant pour elle ; d'autres récalcitrants espèrent toutefois obtenir des postes dans le nouveau régime ou ont été envoyés en mission sur des plages paradisiaques des Caraïbes.

Lors du référendum du 15 décembre 1976, 94 % des Espagnols entérinent le changement. Ce vote accorde une légitimité populaire à Juan Carlos, qui a définitivement trahi Franco, son protecteur. La monarchie devient la garante des avancées démocratiques. L'opposition, républicaine, se résigne à admettre la Couronne comme un état de fait incontournable.

Le communiste Santiago Carrillo déambule clandestinement dans les rues de Madrid. Il défie même le gouvernement en donnant une conférence de presse. Il est arrêté. Le maintenir en prison entacherait la crédibilité du roi et de sa réforme. Les franquistes veulent le poursuivre pour sa supposée responsabilité dans les massacres de Paracuellos del Jarama en 1936, où plusieurs milliers d'entre eux perdirent la vie. Le juge rappelle que les crimes contre l'humanité n'existaient pas encore – ils datent de Nuremberg – et que la loi ne peut être rétroactive. Sans charge valable, Carrillo est libéré. Les ultras enragent. L'année 1977 commence sous le signe de l'irascibilité.

Les provocations de l'extrême droite et du groupuscule d'extrême gauche GRAPO[1] se banalisent au point de faire régner un climat de terreur. Les funérailles de policiers assassinés par les terroristes maoïstes engendrent une escalade de violence, qui atteint son paroxysme avec les enlèvements des présidents du Conseil d'État et du Conseil suprême de la Justice militaire puis, en réponse, l'assassinat de cinq avocats communistes dans leur bureau en plein cœur de la capitale. Cette seule journée funeste du 24 janvier pourrait bien mettre un terme à la réforme. Juan Carlos retient son souffle. Comment les forces

1. Grupos de Resistencia Antifascista Primero de Octubre (Groupes de résistance antifascistes du 1er Octobre), organisation d'inspiration maoïste créée en 1975.

armées et le Parti communiste espagnol vont-ils réagir ? Son règne pourrait vaciller.

Nous sommes au bord du précipice. Santiago Carrillo ne cède pas à l'émotion et son appel au calme est respecté par les militants. L'armée ne décrète pas l'état d'exception. L'heure est grave mais personne ne choisit de répondre à la violence par la violence. Un sursaut de civisme et de sagesse s'impose alors dans les rangs de ces deux adversaires historiques. Les cercueils des avocats portés par leurs camarades traversent en silence le centre de Madrid, au milieu d'une marée de drapeaux rouges et de poings levés. Je suis à chaque fois impressionnée par les images de ces centaines de milliers de sympathisants défilant avec discipline et retenue dans les rues de la capitale. Des images qui infirment celle du communiste « dangereux cnnemi de la nation » construite par la dictature. Une vague de respect déferle sur le pays.

Certains prétendent qu'Adolfo Suárez et Juan Carlos auraient survolé les lieux en hélicoptère pour voir de leurs propres yeux cette démonstration massive de fraternité, dignité et rigueur. C'était ajouter une dimension encore plus épique à la scène. Je suis très déçue quand le roi m'avoue qu'il ne s'est pas rendu sur place. Comme s'il me révélait qu'il était finalement plus chef d'État qu'agent secret, plus monarque qu'aventurier.

Je dois me résoudre à accepter qu'il ait vu les images à la télé comme n'importe quel quidam. Pas très glorieux. La suite des événements démontre tout de même son courage. Ses aïeux l'ont prouvé sur le champ de bataille; lui, dans l'arène politique. Rares sont les têtes couronnées européennes à avoir eu un quelconque poids politique en cette fin de XXe siècle. Alors que les terroristes d'extrême gauche et d'extrême droite cherchent à bloquer la démocratisation, ils obtiennent finalement l'inverse. Le processus de légalisation des partis politiques, dont celle du PCE, est plus que jamais en marche. Même si le puissant secrétaire d'État Henry Kissinger conseille au roi: « *Go slowly!* », redoutant que l'Espagne, dépourvue de tradition démocratique, s'enlise dans un conflit. Mais Juan Carlos, impatient, est avide d'avancées rapides.

C'est un vendredi saint, le jour le plus sacré en Espagne, que l'outrage est commis. Pur hasard ou provocation? Le 8 avril 1977, le PCE, qui a choisi l'eurocommunisme, a modifié ses statuts, renonçant même au marxisme-léninisme. Le dernier obstacle à sa légalisation est levé. Aux dires de Juan Carlos, « c'est le moment le plus périlleux de la Transition », la première décision politique de grande ampleur prise contre l'avis des forces armées, en pleine semaine sainte en plus. « C'était la seule voie possible.

La démocratie n'aurait pas été viable sans que tous les partis politiques soient légalisés. Mais je sais que pour certains ce fut un choc, difficile à encaisser », poursuit-il. Aux yeux de l'armée, les communistes, battus sur le terrain à l'issue de la guerre civile, pourraient maintenant prendre le pouvoir légalement : une aberration. « Les militaires me disaient : “À vos ordres”, mais ils n'étaient pas d'accord. Je le savais. Ils n'ont cependant pas bougé. Il faut reconnaître qu'ils se sont montrés responsables. » Juan Carlos ne me précise pas que son portrait a été décroché de certaines casernes. Était-ce le prélude à la tentative de coup d'État, quatre ans plus tard ?

La campagne législative de juin 1977 prend des allures de fête populaire. Tout est à inventer : ceux qui se rendent aux meetings le font pour la première fois, les orateurs aussi. La démocratie inspire alors enchantement et enthousiasme. Mais certains vieux réflexes issus de la dictature n'ont pas totalement disparu, comme me le raconte Alfonso Guerra : « À l'arrivée des premiers résultats, ceux-ci donnaient un léger avantage au PSOE. Un membre du gouvernement demanda : “Si cela se confirme, est-ce qu'un mécanisme technique est prévu pour changer le résultat final ?” Adolfo Suárez explosa : “Ce sont des élections démocratiques ! dé-mo-cra-tiques !” » Pour la majorité de la population, les règles de la démocratie restent méconnues. Un paysage typique des pays occidentaux, avec la prédominance de deux grands partis de centre droit et de centre gauche, se dessine : le Premier ministre Adolfo Suárez l'emporte avec 34 % des voix, suivi de Felipe González, le leader socialiste, avec 28 %. À la surprise générale, le PCE reste sous la barre des 10 %, tout comme les franquistes qui défendaient une « démocratie avec autorité ». Désormais, les Espagnols ne se divisent plus en vainqueurs ou vaincus de la guerre civile.

Adolfo Suárez a réussi sa tâche : « Ma mission ne consistait pas à rester au pouvoir, mais à transformer la nature de ce pouvoir : qu'il soit l'expression libre et authentique de la volonté populaire. Par conviction démocratique. Mais aussi pour quelque chose de plus : c'était l'unique manière d'obtenir la réconciliation nationale. » Quel en est le prix ? Oublier le passé pour mieux construire l'avenir. La Transition se fera sans procès du franquisme, sans recherche de coupables, sans règlements de comptes. Il s'agit de repartir de zéro sous l'égide de Juan Carlos qui sert de lien entre un franquisme révolu et un futur démocratique, entre le pouvoir militaire et le pouvoir civil, entre les bourreaux et les persécutés, cumulant les légitimités franquiste, monarchique, démocratique. On l'appelle « le moteur du changement ». Deux ans auparavant, il n'était qu'une ombre derrière Franco. Notre protagoniste est en cours d'héroïsation.

« Quelle fut la recette magique de la Transition ?

– C'est grâce au peuple espagnol, qui m'a permis de faire ce que j'ai fait. Et aux politiques de l'époque. Sinon, ç'aurait été une mission impossible.

– Quelle a été votre méthode ?

– La clef est le dialogue, de réunir tout le monde et de dire : "Tu penses de manière différente de moi mais on va essayer de s'entendre malgré tout."

– Comment avez-vous convaincu les franquistes d'accepter la démocratie ?

– Ils voulaient surtout entretenir une nostalgie du franquisme, avec ses rites et ses symboles. Je les ai laissés faire et ils ont fini par accepter le changement.

– Et votre relation avec le PCE ? Ce n'est pas banal qu'un roi s'entende bien avec un leader communiste.

– Santiago Carrillo s'est montré un grand patriote à son retour d'exil, et je lui en suis très reconnaissant. C'était fondamental qu'il soutienne la transition démocratique. Il a accepté la monarchie, le drapeau de l'Espagne, l'unité du pays, pour le bien de l'Espagne et de la démocratie.

– Avez-vous compris sur le moment que vous jouiez un rôle historique fondamental ?

– Oui, mais il fallait continuer, on ne pouvait pas s'arrêter en chemin… »

5

Quand un front se consolide, un autre s'ouvre. Celui du séparatisme catalan et basque menace la démocratie balbutiante. L'unité du pays est un sujet non négociable pour l'armée et les franquistes. Le roi monte précipitamment une habile opération : il organise le retour à Barcelone de Josep Tarradellas, figure historique, fondateur du parti Gauche républicaine de Catalogne (ERC) et membre du gouvernement de la Generalitat[1] dès 1931, exilé en France depuis la fin de la guerre civile. Il est installé à la présidence de la Generalitat fraîchement restaurée. En l'acceptant, le républicain catalan reconnaît implicitement la légitimité de la monarchie, garante de l'unité du

1. *Generalitat de Catalunya* est le nom en catalan de l'organisation politique de la communauté autonome de Catalogne.

pays ; en assurant son retour, la monarchie reconnaît à son tour une identité catalane, autrefois interdite par la dictature. Un fragile statu quo. Les indépendantistes basques, irascibles, s'enferment dans le terrorisme, s'attaquant aux militaires et aux représentants de l'État, y compris au roi. On déjoue des attentats et des projets d'enlèvement contre lui. C'est dans ce contexte de violence sanglante (quatre-vingt-cinq victimes de l'ETA en 1978, cent dix-huit en 1979) que se prépare la dernière grande étape vers la consolidation définitive de la démocratie, la Constitution. Sept élus représentant toutes les tendances politiques se mettent au travail.

Le groupe socialiste dépose un amendement en faveur d'un régime républicain. En 1936, le gouvernement légitime contre lequel Franco s'est insurgé était une république. Après la longue parenthèse de la dictature, revenir au régime antérieur à la guerre civile pouvait sembler cohérent. Il fallait bien que le choix entre la république et la monarchie soit posé formellement au Parlement. Alfonso Guerra, à l'initiative de cette procédure plus symbolique que réaliste, raconte : « Nous avons proposé l'amendement, nous avons perdu le vote, le sujet était clos. La réalité primait, les circonstances l'emportaient. » Santiago Carrillo renchérit : « Nous acceptions la monarchie à condition qu'elle fonctionne comme dans les autres pays européens qui sont en fait des républiques couronnées. »

Le texte constitutionnel, dont l'élaboration minutieuse illustre l'esprit de compromis, est ratifié à la majorité au Parlement puis lors d'un référendum qui l'approuve à 88,5 %. Le 27 décembre 1978, au cours d'une séance solennelle exceptionnelle, Juan Carlos le promulgue en déclarant : « C'est la Constitution de tous et pour tous, et c'est aussi la Constitution du roi de tous les Espagnols. » Au moment de la parapher, sa main tremble. « C'était un instant si important pour le pays. Je l'ai toujours devant moi, sur mon bureau », me précise-t-il, un brin ému encore. Juan Carlos laisse désormais la politique aux politiciens.

« Ce fut difficile d'accepter d'avoir dorénavant des pouvoirs limités ?

– Bien au contraire. Ce fut un soulagement ! Je ne sais pas pourquoi les gens aiment tant le pouvoir. Moi j'y ai renoncé heureux et tranquille.

– Une fois qu'on a goûté au pouvoir, on essaie en général de le garder...

– Le pouvoir est très difficile. Il faut décider tout le temps de sujets compliqués. Et pourquoi j'aurais du pouvoir ? C'est le rôle du Parlement, qui doit être l'expression de la souveraineté nationale. La monarchie est au-dessus, comme une espèce de parapluie. J'ai un pouvoir moral, de représentation, mais aucun pouvoir réel. C'est grâce à cette *auctoritas* que les Espagnols m'ont accepté depuis trente-neuf ans. »

C'est cette autorité morale qu'il a pourtant sabotée par son comportement inconvenant. Pourquoi n'a-t-il pas pris soin de ce capital, le seul qui lui était acquis ? Une lutte qu'il n'a pas su mener contre lui-même...

Trois mois après notre entretien, il prendra de court le pays en annonçant son abdication, le lundi 2 juin 2014. En effet, Juan Carlos ne s'accroche pas au pouvoir. Entre-temps, il aura enterré son complice de la Transition, Adolfo Suárez. Entre ces deux compagnons de route, il y eut des moments de joie et de tension, des disputes aussi. Malgré tout, ce duo reste un couple politique rare : ils étaient beaux, jeunes et intrépides. Et ils ont accompli ce qu'ils avaient promis au peuple espagnol.

C'est un de mes grands regrets de ne pas avoir pu rencontrer Adolfo Suárez. Après avoir enterré sa fille et sa femme mortes d'un cancer, il ne savait plus qu'il avait occupé un rôle majeur dans l'histoire de son pays. Atteint de la maladie d'Alzheimer, il s'était retiré du monde et le monde l'avait oublié. En 2008, Juan Carlos s'était rendu chez lui pour lui remettre la Toison d'or. « Qui es-tu ? » lui avait demandé Suárez, qui ne l'avait pas reconnu. « Imbécile, c'est moi, ton ami, Juan Carlos. » Suárez lui fit un grand sourire et le prit par l'épaule pour l'emmener se promener dans le jardin et discuter comme autrefois. Leur complicité était à nouveau palpable. Ce fut la dernière rencontre de deux héros tragiques.

À la mort de son ancien chef du gouvernement, le 23 mars 2014, Juan Carlos apparut très abattu. « Ma gratitude est profonde et mon chagrin immense », affirma-t-il devant les caméras alors qu'il sortait des funérailles. On dit que c'est à ce moment-là qu'il choisit d'annoncer à son fils le lancement de l'opération "abdication". Avec la disparition de ce précieux compagnon de route, il venait de dire adieu à toute une époque. Plus rien ne le retenait, il était décidément l'homme du passé. L'Espagne, qui a la mémoire courte, redécouvrait ce jour-là un de ses grands hommes d'État en la personne d'Adolfo Suárez, comme elle en peu connu. Après lui avoir tourné le dos durant presque quarante ans, les hommages pullulaient. Les Espagnols prenaient soudainement conscience du courage, de l'intelligence et de l'élégance avec lesquels Suárez avait mené la transition démocratique sous l'égide du roi. Cela m'a confortée dans mon impression : on enterre bien en Espagne. Il faut juste ne pas espérer d'honneurs avant.

Aujourd'hui, l'extrême gauche de Podemos s'attaque à ce chef-d'œuvre politique car, comme toute création, il y a eu des oublis, des imperfections, des compromis. Le pays pourrait se prévaloir d'être un modèle de transition de velours, célébrer chaque date anniversaire avec emphase. En France, la commémoration est devenue un sport national. En Espagne, c'est l'autodénigrement. Il n'y a pas de roman national. Les Espagnols n'aiment pas leur passé, un passé subdivisé en régions. En critiquant l'œuvre politique, les populistes condamnent évidemment ses auteurs. Tel un procès digne de l'Inquisition, avec la fougue des convertis qui cachent leurs magouilles pour mieux dénoncer celles des autres, qui prônent la pureté pour mieux dissimuler leurs compromissions, habités par la radicalité de l'inexpérience. Au risque de zapper la démocratie. Mais n'est-ce pas là justement leur objectif ? À force d'être biberonnés par le Venezuela de Chávez et Maduro, ils en ont conclu que l'État devait servir leurs intérêts, avec la justice sociale en étendard.

Je persiste à penser que passer d'une dictature à une démocratie, rapidement et pacifiquement, en pleine crise économique, et sous la menace du terrorisme, relève du miracle. Un miracle que Juan Carlos ne s'attribue même pas. Il me compliquait la tâche : je tenais à le montrer dans mon documentaire en homme providentiel, le roi du risque et du changement, et lui se posait en l'accompagnateur d'une nouvelle société en marche. Combien de fois ai-je dû lui rappeler durant notre interview qu'il devait arrêter de me dire « on » ou « nous », présentant la Transition comme une opération collective ? Combien de fois ai-je dû lui demander de cesser d'être si modeste, pour coller à mon script ? « Je n'ai fait que mon devoir », répétait-il. En leader qui a su rassembler, persuader, entraîner. Les vrais héros ne bombent pas le torse. Et aujourd'hui, on préfère les victimes aux héros. Lui restait mon héros de la négociation, de l'entente.

Il ne fut pas le seul. Ce fut une époque qui exigea de ses dirigeants hauteur de vue et courage. Des images d'archives du coup d'État m'ont frappée. Elles capturent le charisme des héros politiques du moment. Le 23 février 1981, le bruit des mitraillettes résonne dans l'hémicycle du Parlement. Les députés et les ministres se retrouvent à terre. Certains s'accroupissent derrière les pupitres. D'autres se cachent entre les gradins. En quelques secondes, la salle s'est vidée de visages. Seuls Adolfo Suárez et Santiago Carrillo restent assis, de marbre, au milieu d'un désert de sièges abandonnés. Ils semblent médusés par ce spectacle sorti d'un film folklorique ringard, dans lequel les tricornes et les moustaches des gardes civils occuperaient les premiers rôles. La jeune démocratie, pour laquelle ils ont tant œuvré, est piétinée sous leurs yeux ébahis. Et ils se refusent à se plier à la menace des armes. Ils font face au danger la tête haute. Sont-ils suicidaires ? Après de longues minutes de sidération, le ministre de l'Armée de soixante-dix ans, le général Gutiérrez Mellado, se décide vaillamment à faire face aux insurgés, nerveux, armés. Suárez court à sa rescousse. Les échanges sont virils, tendus. Un coup pourrait facilement partir. Santiago Carrillo, les socialistes Felipe González et Alfonso Guerra, le général Gutiérrez Mellado et Adolfo Suárez sont finalement placés au secret. Ils s'attendent alors au pire. Du genre, une balle dans la nuque. Ils ne doivent leur libération, après une nuit interminable où tout aurait pu arriver, qu'au roi. « Il a sauvé la démocratie. S'il avait choisi d'appuyer les putschistes, ils gagnaient. C'est clair. Le rôle de Juan Carlos fut fondamental », conclut Alfonso Guerra.

VI

Clap de fin

Printemps-été 2014

1

Nous sommes à trois jours de l'annonce de l'abdication. Le secret est bien gardé. Une atmosphère décontractée règne à la Zarzuela. Les jardins sont baignés de soleil, le chef de la Maison royale, Rafael Spottorno, se montre souriant et avenant. Évidemment, je ne me doute de rien. Aucun signe ne me laisse présager un tel séisme. Le roi va mieux, a voyagé pour prouver qu'il pouvait être encore un ambassadeur efficace, et son image commence même à reluire à nouveau. Je l'observe au loin discuter avec son fils Felipe, entre les arbres et les sculptures contemporaines. Ils bavardent, ils rigolent. La presse s'étale sur la mauvaise relation entre le père et le fils. Mais je ne vois que complicité et harmonie entre eux ; un père taquin aux jambes mal assurées, soutenu par un fils protecteur, respectueux, consciencieux. Ce pas de deux qui respire l'entente, cette entente dont me parlait Juan Carlos pour commenter ses rapports avec son père a quelque chose d'émouvant. Répète-t-on toujours ce que l'on a vécu ? Don Juan s'est retiré en faveur de son fils ; Juan Carlos est sur le point de faire de même pour Felipe. L'Histoire bégaye. Cela fait des siècles que les Espagnols expulsent leurs rois, sans toutefois leur couper la tête, et trois générations que les Bourbons d'Espagne sont acculés aux renoncements et aux bannissements. Ils savent que l'Histoire est rarement heureuse. Comme si un sort s'acharnait sur eux. Felipe réussira-t-il à rompre cette malédiction ?

Quand je vivais à Séville, adolescente, une génération de jeunes filles en fleurs étaient amoureuses de ce jeune prince élancé, au sourire ravageur, aux yeux bleus étincelants, qui ne trouvait pas l'alter ego digne de son rang. Je l'ai toujours plaint. Cet enfant qui a grandi sous les projecteurs, dans l'ombre d'un père si flamboyant, avec un destin tout tracé, un agenda planifié au millimètre. Un premier discours officiel à treize ans, un premier voyage officiel à quinze, et à dix-huit, il jure sur la Constitution d'obéir aux lois. Avec ce physique de jeune premier, il est parfait, trop parfait. « L'héritier le mieux préparé d'Europe », se vante Juan Carlos. Qu'y a-t-il derrière cette façade lisse et glorieuse ? J'ai décelé de la douceur, de la réserve, de la persévérance, de l'amabilité, et un je-ne-sais-quoi d'élégance, de distinction. Mais il semble happé par une machine qui le dépasse, qu'il ne paraît pas contrôler : des conseillers méfiants adeptes de la langue de bois, des obligations qu'il accomplit avec trop d'application, des communicants qui administrent son image. Tous sont sur la défensive, les yeux rivés sur les réseaux sociaux et les derniers sondages. Nul ne sait s'il a des passions – hormis la voile, héritée de ses aïeux –, des caprices, des envies, des éclats de rire, des coups de gueule. Il s'affiche en père appliqué, en époux stoïque, en bon camarade. Il est ce qu'on attend de lui. Ou plutôt il est ce qu'il pense qu'on attend de lui. Un homme sobre, sérieux, secret et même ascétique.

La Maison royale est dorénavant fermée à triple tour avec un cadenas. Felipe et Letizia ont imposé une distance protectrice à l'égard des médias et des Espagnols. Quelques images de la vie quotidienne de la famille royale sont distillées lors du cinquantième anniversaire du roi par exemple, des images pathétiques d'un repas dominical autour d'un simple bouillon, du départ matinal des princesses à l'école. Des images de vie sans vie. Je n'aurais jamais accès à Felipe, à son entourage, à sa vérité, à ses sentiments, comme j'ai pu le faire avec son père. Je n'aurais pas pu mener ces conversations à bâtons rompus, spontanées et franches, face caméra ou privées, toucher son authenticité, parfois imprudente et ingénue. Ni Juan Carlos, ni Rafael Spottorno n'ont jamais tenté d'exercer un quelconque contrôle sur mon travail, sur mes questions, sur mes écrits. Je suis même abasourdie de l'entière liberté qu'ils m'ont accordée. Depuis son intronisation en 1975, Juan Carlos n'a pas bridé sa personnalité, la fonction n'a pas corseté son tempérament. Avec les avantages et les inconvénients que cela suppose. Avec les dérives, les égarements que cela a entraînés. Au risque de s'éloigner de l'image d'Épinal du monarque.

Juan Carlos doute de lui. En pleine interview, il me demande en français: « Pas très bien, non ? » en faisant la moue. Je ne comprends pas où il veut en venir. « Je dois apprendre à être acteur, et à mon âge... » poursuit-il avec un air de dépit. Au lieu d'être amusée, je suis effondrée. Je le rassure comme je peux, je l'incite à continuer. Comment un roi, *a fortiori* après une longue carrière, peut-il vaciller, hésiter ? Il a fait face à un coup d'État, et a besoin d'être encouragé pour un simple entretien. J'ai mis cela sur le compte de la vieillesse, de la fatigue. Mais cette inconfiance a souvent ressurgi dans notre conversation.

Lorsqu'il parle de ses enfants, ses yeux brillent. Il ne montre pas une telle emphase lorsqu'il fait référence à son épouse. Il ne l'appelle pas par son prénom, il l'appelle « la reine » sur un ton formel, comme si son titre prévalait sur son état, comme si finalement elle n'était que ça, ou surtout ça, reine. Une reine irréprochable qui, par lassitude, laisse son auguste époux partir seul en pénitence ; et qui, par sens du devoir, reste discrètement à la Zarzuela pour épauler son fils. Elle est l'incarnation de l'exemplarité. La fonction l'emporte toujours chez les vrais et purs *royals*.

Quand Juan Carlos évoque son héritier, sa fierté n'a plus de limites. La tendresse émane de son visage. Les rapports ont dû se durcir depuis, à l'épreuve du pouvoir, mais en cet hiver 2014, il se montre encore empli de la satisfaction d'avoir formé un futur roi, d'avoir assuré la pérennité de la Couronne.

« Comment fut l'éducation de votre fils ?

– Il a suivi comme moi la carrière militaire. Il a aussi suivi un cursus universitaire, il a fait un master à l'université de Georgetown. Il a eu plus d'opportunités que moi pour les études. En cela, il est très bien préparé. Mes trois enfants ont de bons diplômes universitaires. Moi, je n'ai pas de diplôme.

– Vous avez peut-être autre chose… »

Il soupire.

« Sa vie de prince a été très différente de la vôtre.

– Elle a été différente car il a été élevé dans son pays, il a grandi dans un même lieu, un lieu sûr, avec un entourage stable.

– Cela lui a apporté une sécurité que vous n'avez pas eue.

– Il est né au palais. Moi, je suis né à Rome… »

Juan Carlos reste songeur.

Lors de sa prestation de serment devant le Parlement, le 19 juin 2014, Felipe VI annonce « une monarchie rénovée pour des temps nouveaux », respectueuse d'« une conduite intègre, honnête et transparente ». À quoi pense son père, face à sa télé, regardant le premier discours de ce fils devenu roi ? Pressent-il déjà que sa présence va devenir problématique pour Felipe ou est-il encore aveuglé par la fierté d'avoir formé un monarque irréprochable ?

Juan Carlos, désormais « roi émérite », ce qui signifie en termes élégants « roi à la retraite », va voir son héritier établir un cordon sanitaire entre les deux règnes. Au point, par exemple, de l'exclure de la commémoration des quarante ans de la Constitution qu'il avait lui-même promulguée. Le fringant roi Felipe VI va s'atteler à réparer l'héritage de Juan Carlos, en faisant de la Couronne une institution inattaquable et normée, tout en l'extirpant de son apanage historique. Un parricide au nom des intérêts du trône. Un peu comme Juan Carlos avec don Juan. La monarchie a ses mécanismes de survie. Je ne suis pas certaine que Juan Carlos l'ait anticipé. Même si la reine Beatrix des Pays-Bas l'avait mis en garde : il ne sera guère utile à la génération suivante, qui se passera volontiers de son opinion et de son expérience. Je me demande si, dans ces familles, on peut aimer le père en reniant le roi, ou vice versa. La fonction remplace-t-elle le lien ?

C'est au nom de ce droit d'inventaire que mon documentaire sur le rôle de Juan Carlos dans la transition démocratique, pourtant coproduit par la télévision publique espagnole, n'a pas été diffusé en Espagne. Naïvement, j'imaginais que le règne de Felipe se verrait consolidé en valorisant l'œuvre politique de son père. Je n'avais pas compris que la Maison royale ne voulait plus entendre parler de Juan Carlos, ni de ses succès ni de ses frasques. Ou plutôt, pour enfouir ses incartades, il fallait aussi enterrer ses accomplissements politiques. Pourtant, la fraîche et fragile monarchie espagnole incarnée par Felipe puise ses origines dans la volonté et les actes de Juan Carlos : la légitimité du fils provient tout droit du père. Contrairement à d'autres monarchies, héritages millénaires, la Couronne espagnole n'est le fruit que d'un compromis récent issu de la transition démocratique, mené par un monarque absolu qui a souhaité devenir un monarque constitutionnel. Il faudra attendre six ans et l'expatriation punitive de Juan Carlos, en cet été 2020, pour que mon documentaire à la gloire d'une époque et d'une génération d'hommes d'État soit enfin montré. Sans doute pour atténuer le départ brutal de ce roi si embarrassant sur lequel le gouvernement s'acharne. Ou pour tenter de pardonner au père de la nation ses errements, finalement insignifiants à l'échelle de l'Histoire. Mais l'opinion publique et les réseaux sociaux s'alimentent plus d'accusations que d'absolutions, de manichéisme que de nuance. Quitte à oublier la longue et rare période de paix et de croissance offerte par le règne de Juan Carlos. Une gageure pour ce pays.

2

En cette journée historique du 19 juin 2014, Madrid est illuminée d'un soleil de plomb. La ville s'est habillée de fleurs blanches et de drapeaux pour accueillir son nouveau roi. Je suis en plein lancement de la version espagnole de ma biographie de Juan Carlos, qui arrive comme un cheveu sur la soupe. Alors que les Espagnols sont ravis d'entrer dans une nouvelle ère prometteuse, je viens leur rabâcher qu'ils devraient s'enorgueillir aussi du règne précédent, qu'en quarante ans le pays a fait un saut dans la modernité, que Juan Carlos s'est montré à la hauteur des défis historiques, et qu'une chasse à l'éléphant (même s'il s'agit d'un de mes animaux préférés) avec une maîtresse ne devrait pas entacher un héritage béni. Personne n'est prêt à m'entendre. Impossible de lutter contre l'air du temps. Comme je suis en Espagne, où j'ai décidé une bonne fois pour toutes que mes visites seraient heureuses, cet échec n'ombrage pas mon humeur. Tout se dissipe à une terrasse de café avec des amis, des tapas, des rires.

Je sors d'une interview télévisée, je saute dans un taxi pour me rendre au palais royal. La sécurité est sur les dents et les barrages provoquent des embouteillages dignes de ceux qu'apprécie Anne Hidalgo. En l'occurrence, ça m'arrange, car c'est la première fois que je me déshabille dans un taxi, que j'enlève mon jean pour enfiler une robe de gala. Le chauffeur rigole et trouve que ces Françaises sont décidément très libérées. Il m'aura fallu trente-huit ans pour enfin faire un truc dévergondé… Tout ça pour un roi.

Je fais partie des mille six cents convives qui se pressent à la réception offerte par Felipe VI pour son avènement. L'atmosphère est chaude et électrique au palais. Compte tenu de la réputation des Espagnols, on pourrait imaginer une organisation laxiste, chaotique. Or l'ordre et le calme dominent. Chaque invité est attendu et accompagné dans l'un des beaux salons du palais royal, où on croise le gouvernement, le corps diplomatique, les députés, des anciens ministres. Des flopées de journalistes, sportifs, toreros, chanteurs, entrepreneurs virevoltent. Même les stars font des selfies dans l'immense escalier ou devant la table où Juan Carlos a signé la veille l'acte officialisant son abdication. Tous se précipitent sur le vin et le *jamón serrano*. Un brouhaha assourdissant remonte jusqu'aux salons : on devine que la famille royale fait sa sortie au balcon. Je m'amuse beaucoup de ce spectacle animé, coloré, bruyant. Puis, sans préavis, les pièces se vident. Dans le couloir qui rejoint la salle du trône, une immense queue se forme. Il est l'heure d'aller saluer le nouveau couple royal. Malgré l'impatience et la chaleur, les discussions s'animent de plus belle. La file avance doucement sans que cela trouble les invités. Tout le monde s'arme de patience, les célébrités comme les autres, sans protocole particulier. La rumeur remonte d'invité en invité : Felipe et Letizia prennent une pause pour se désaltérer. La chaleur devient étouffante, les femmes sortent leur éventail et les hommes réclament des bières fraîches. Un ancien ministre de l'Intérieur s'évanouit, ce qui a le mérite d'accaparer notre attention.

Il est 14 heures passées et je me demande s'il n'y a pas moyen de s'échapper par une petite porte vers la sortie. Ma gaieté, usée par l'attente, commence à laisser place à la lassitude, quand j'arrive enfin à la salle du trône. Les tentures rouges et les miroirs baroques dominés par les peintures de Tiepolo donnent une aura très royale à la pièce, avec ses quatre lions d'or, posant chacun une patte sur un globe de marbre, encadrant les trônes. Là, les voix se transforment en murmures et les flashes crépitent. Les gens s'avancent un à un ; Felipe et Letizia serrent les mains, en silence, inlassablement. Drôle de rituel tout de même, ennuyeux, répétitif, insipide. Puis tout s'enchaîne. Je me retrouve plus rapidement que prévu devant le fringant roi, souriant et épanoui. « Tiens, quelle surprise ! Vous êtes venue de Paris ? » me lance-t-il, brisant le silence. Interloquée, alors que la reine me serre à son tour la main d'une poigne ferme, je bredouille : « Vous valiez la peine que je prenne l'avion ! » Felipe a décidément hérité de son père la mémoire et la prévenance.

3

Mon héros déchu devient un héros à la retraite. Son destin devait s'estomper là. Et mon histoire avec lui aussi.

Je suis retournée à la Zarzuela quelques jours après l'intronisation de Felipe. Juan Carlos m'a demandé mon livre dédicacé. Je suis gênée de lui apporter cette biographie de lui comme un cadeau d'adieu à sa vie de roi. Il est habillé de manière informelle, souriant, peut-être même soulagé. On cherche longuement une pièce libre où s'asseoir. Son bureau est dorénavant occupé par son fils, et des réunions se multiplient partout. La Maison royale ne lui a pas encore prévu de lieu dédié. Situation cocasse : le roi émérite errant dans le palais à la recherche d'un bout de canapé où discuter tranquillement. Il est déjà en trop. Je l'ai mis sur le compte d'un problème d'organisation. Je n'ai pas voulu voir que cela annonçait une politique de rupture. Il semble satisfait des dernières cérémonies, persuadé que Letizia est une mère exemplaire pour les deux ravissantes héritières, et Felipe, un roi préparé et serein. Il ne cherche pas à se façonner une légende, ne pense pas écrire ses mémoires. Enfin délesté du devoir, il espère juste goûter à cette liberté qu'il a rendue aux Espagnols à la mort de Franco, mais dont il n'a jamais pu profiter jusque-là. Je suis touchée par sa sincérité, par son détachement à l'égard de son image. Il ne renie pas ses failles ; il n'essaie pas d'être autre chose que lui-même. Est-ce de l'humilité ou de la désinvolture ?

Huit mois plus tard, nous nous retrouvons cette fois-ci au rez-de-chaussée du palais royal. La Maison royale lui a organisé un bureau, en plein centre de la capitale, proche des restaurants qu'il a pris l'habitude de fréquenter avec ses amis. Je le félicite, il a enfin un immense endroit avec des tentures et des meubles anciens dignes d'un monarque : « Vous avez dû attendre longtemps avant qu'on vous octroie un cabinet de roi ! » Il éclate de rire. Je lui raconte avec franchise que je sors de la Zarzuela, où j'ai rencontré le nouveau directeur de la communication. « Depuis que vous n'êtes plus là, ils ont tous peur de leur ombre ! » C'est l'impression que j'ai eue en parlant aux membres récemment nommés de la Maison royale. « C'est toi qui l'as dit, ce n'est pas moi, se défend-il. Je ne commente rien de ce qui se passe là-bas ! »

Je craignais de retrouver un homme désabusé, isolé, avachi, mais son regard est pétillant, son ton résolu, son humour intact et son entrain communicatif. Seul son pas est plus hésitant, il s'aide d'une canne pour marcher. Il a toujours autant d'anecdotes à raconter. Comme cette fois où il se baladait à Hawaï, lors de ses premières « vraies vacances », et s'est arrêté dans un café à l'improviste. Il a entendu des Espagnols chuchoter : « Il ressemble à Juan Carlos mais ça ne peut quand même pas être lui », et il a fini par boire un verre avec eux. Il en rigole encore, ravi de cette nouvelle vie pleine de surprises et de rencontres inattendues. Il m'explique qu'il reste « à la disposition du roi », qu'il fait « ce qu'il [lui] ordonne » : inaugurations, passations de pouvoir, enterrements, compétitions sportives, tout ce que Felipe n'a plus le temps de faire. Il rend service, il dépanne. Les rôles se sont inversés et il ne semble pas en prendre ombrage. Ou alors il cache parfaitement son amertume. La Couronne est finalement une ascèse et une servitude à vie, même quand on ne la porte plus.

Son réel plaisir est désormais la compétition nautique, à laquelle il s'adonne pleinement, au point de gagner deux fois le championnat du monde (dans la catégorie 6 mètres) en 2017 et 2019. À près de quatre-vingts ans, il commence une nouvelle carrière. Je suis stupéfaite, d'autant plus que j'ai le mal de mer et que je n'ai jamais vraiment compris la satisfaction que pouvait procurer le sport. « La mer, c'est la liberté », m'explique-t-il. Son père don Juan était un marin émérite, et Juan Carlos s'est toujours affiché, à sa résidence estivale de Palma de Majorque sur des yachts ou à des régates. Malgré la vieillesse et les difficultés physiques, il s'est accroché à la voile comme à une passion salvatrice. Quand il est en mer, il est face aux éléments et à sa vérité. Selon les mots de Tabarly, « naviguer est une activité qui ne convient pas aux imposteurs ». Le bateau est devenu son nouveau trône, aussi instable que le précédent. Décidément, ce roi ne manque jamais de me surprendre.

Je n'ai pas réussi à aborder ses démons. « Pourquoi cherchez-vous une telle sécurité financière ? Aviez-vous vraiment besoin d'aller tuer un éléphant pour impressionner une dulcinée ? » aurais-je dû lui demander. Je n'ai pas osé. Je l'ai laissé là, avec sa part d'ombre. Je n'aurai pas été un « tournevis » persévérant jusqu'à la fin.

Avant de partir, je me souviens de l'avoir regardé dans les yeux. J'ai cru apercevoir une lueur mélancolique, une profonde tristesse qui, malgré son entrain énergique, voilait le fond de son regard. Je l'ai quitté en gardant cette image de lui, d'une souffrance camouflée, jamais pansée.

Je disais adieu au représentant d'une génération libre, insoumise, jouissive, décomplexée, affranchie, avec laquelle j'avais grandi, grâce à laquelle je m'étais construite. Une génération qui avait assumé tous les risques pour conquérir la liberté, qui avait vécu pleinement, indifférente au politiquement correct et à une communication maîtrisée de papier glacé. À l'époque de la beauté sans Botox, de la vérité sans filtre. Sa personnalité flamboyante et fantasque incarnait la vie et la réussite. Il ne s'était pas perdu en longs discours et fausses postures, il avait agi, conquis, accompli. Cet électron libre, qui avait trompé tout le monde, n'était pas corseté par l'idéologie ou des fidélités factices.

Mes parents m'avaient immergée dans un monde sérieux, grave, austère, fait de déceptions politiques et amoureuses, de luttes et de conquêtes douloureuses, de pensées rigides et complexes. Juan Carlos, et l'Espagne qu'il personnifiait alors, avait réussi à tout bousculer et transformer. « Changer la vie » – sans l'aide de Marx – aurait pu constituer son slogan. Finalement, un roi pouvait être aussi rebelle et révolutionnaire qu'un guérillero ou un chef d'État socialiste. Le sang en moins, et le style en plus. Il alliait poids de la Couronne et insouciance, sérieux politique et réjouissance, indignations et éclats de rire, démocratie et croissance. Il pouvait être tour à tour play-boy, ambassadeur de luxe, sportif casse-cou, militaire accompli, roi républicain. En Espagne ou à l'autre bout de la planète. Je n'en ai jamais trouvé d'autres comme lui : les têtes couronnées sont aussi ennuyeuses que glamour, symboliquement incontournables mais politiquement guère essentielles, les chefs d'État sont devenus des machines à conquérir le pouvoir, sans transcendance, et les *people*, des produits commerciaux. Juan Carlos incarne le panache du siècle dernier, la sympathie des Hispaniques, la hardiesse des déclassés, le mérite des grands hommes d'État.

La rabbine Delphine Horvilleur dit, à l'occasion de funérailles, qu'« il ne faut pas forcément raconter la vie de super héros mais de super humains ». Le roi était mon « super humain », avec ses cassures, ses failles, ses larmes, qui avait eu la générosité et l'ouverture d'esprit de me laisser entrevoir les coulisses de son destin épique. Je lui en restais reconnaissante. Il était mon bout d'Histoire à moi.

VII

Le bannissement

2020

1

Pour ne pas faire d'ombre à son fils qui s'est trouvé confronté à dix mois sans gouvernement, quatre élections législatives en cinq ans et une crise institutionnelle en Catalogne, mon roi retraité se montre discret. Comme son propre père l'avait fait pour lui. Je pensais qu'il allait se faire oublier par son pays. Et moi-même je suis passée à d'autres héros et d'autres causes perdues.

Felipe affrontait des épreuves, les unes après les autres, sans répit. Elles lui laissaient en souvenir quelques cheveux blancs mais ne perturbaient en rien son caractère impassible. Je l'ai vu de loin incarner une Couronne vertueuse et méticuleuse pour mieux effacer le laxisme et la permissivité de son père : instaurer un code de conduite strict pour la famille royale et les employés de la Maison royale, baisser son salaire de vingt pour cent, instituer un audit externe des comptes du palais. Il prône la transparence, cette valeur simple que nul ne peut contester, un peu comme les droits de l'homme ou le bien commun. Mais il revendique aussi le droit à une vie privée. Rigueur morale pour les comptes de la Maison royale et probité de son entourage, mais opacité totale sur son existence. Appliquer la transparence financière ; bloquer la transparence personnelle. L'un compensant l'autre. Un roi honnête mais secret. Est-ce la clef du succès ?

Il agit en chef inflexible et retire sans sourciller le titre de duchesse de Palma de Majorque à sa sœur Cristina avant qu'elle ne comparaisse devant les tribunaux pour fraude fiscale. L'infante n'apparaissait déjà plus aux cérémonies officielles. Et encore moins son mari, condamné à six ans de prison. Une scission familiale inévitable pour préserver le trône. Son sens du devoir est imperturbable. La Couronne reposait auparavant sur une famille – le couple Juan Carlos et Sofia, leurs trois enfants, les pièces rapportées et la kyrielle de petits-enfants pour égayer les photos –, Felipe l'a dorénavant recentrée sur lui, sa femme et ses deux héritières. L'arrogance de l'exemplarité, la fragilité de la prépondérance, la solitude du devant de la scène. Exit les seconds rôles, pour agissements immoraux dans le cas de Cristina, divorce dans le cas de sa sœur Elena, ou excès de popularité dans le cas de la parfaite reine émérite Sofia. Qui malgré tout, avec ce sens fascinant du devoir, continue de ramasser les détritus sur les plages espagnoles au milieu d'une bande de jeunes volontaires. À quatre-vingt-deux ans et sous une chaleur torride. Une femme qui n'a jamais commis d'impair, qui n'a jamais voulu séduire les Espagnols avec de belles robes, mais uniquement avec des actes. Elle est l'incarnation de la dignité et de la bienveillance. Un oiseau rare mis sur la touche. Nous sommes passés du clan, mené par un *pater familias* veillant sur tous, à des électrons libres démunis. Comme s'il n'y avait pas de résilience possible. Comme si la famille royale était à l'image du pays, déchirée par la montée des courants sécessionnistes et la polarisation du panorama politique. Surprenant pour une Espagne dans laquelle la structure familiale relève presque du sacré, où plusieurs générations se côtoient souvent sous un même toit.

Ce roi intransigeant ne faiblit pas face aux affects, ni face aux séparatistes catalans. Felipe VI serre les dents lorsque, le 27 août 2017, il est hué dans les rues de Barcelone alors qu'il préside un rassemblement contre le terrorisme, suite à l'attentat qui a fait seize morts dix jours plus tôt. Prémices du conflit qui éclate ouvertement le 1er octobre avec la tenue d'un référendum illégal sur l'indépendance de la Catalogne, auquel il répond par son premier discours d'homme d'État qui fera date. Il tient la barre, stoïque, incarnant l'unité du pays et le respect des lois. Mais tout dérape quand on s'y attend le moins.

Cela devait être une simple réunion amicale, et ce fut un pugilat. La famille royale se réunit exceptionnellement au complet à Palma et se montre tout sourires à la messe de Pâques 2018, scellant une réconciliation intergénérationnelle devant les caméras. Quelques minutes plus tard, l'illusion se dissipe brutalement : la reine Letizia s'oppose à la reine émérite Sofia, la grand-mère préférée des Espagnols, l'emblème irréprochable de la royauté, qui tente de poser à deux reprises avec ses deux petites-filles devant les photographes. Felipe essaie une conciliation mais ne réussit pas à s'imposer face à son épouse. Juan Carlos lève les yeux au ciel et file, accablé. Le scandale défraie la chronique durant des semaines. Les communicants s'attelleront à redorer le blason de la jeune reine roturière. Décidément, la famille royale, comme le pays, n'est plus fonctionnelle… Et là, j'ai ressenti beaucoup de compassion pour Felipe, qui faisait tant pour se montrer à la hauteur de sa fonction mais ne s'en sortait pas au milieu d'un conflit opposant sa femme et sa mère. Tous les hommes traversent ce dilemme inextricable, même les rois.

La veille du premier confinement, le 15 mars 2020, le parricide jusqu'alors symbolique devient officiel. La Zarzuela émet un communiqué dans lequel Felipe renonce, pour lui et ses filles, à l'héritage paternel. Les comptes en Suisse de Juan Carlos ont été révélés et, face à l'indignation générale, le roi coupe net les liens financiers avec son père en lui retirant aussi son allocation publique annuelle. Il devient le seul fonctionnaire espagnol à être privé de retraite après plus de quarante ans de loyaux services. Affaibli par son opération à cœur ouvert en août 2019, Juan Carlos s'était déjà retiré de la vie publique. La relation institutionnelle et pécuniaire est rompue entre le roi en exercice et le roi à la retraite. Felipe est dorénavant « le fils de personne ». Il ne restait plus qu'à cesser leur cohabitation physique pour parachever la scission. C'est alors qu'on montra à notre héros la porte de sortie de la Zarzuela, sa résidence depuis cinquante-sept ans. Plus de pension, plus de toit. Il sera désormais un souverain SDF. La Couronne abandonne un des siens. Résista-t-il à emprunter la voie de la pénitence ? Reconnaissait-il ses péchés aux yeux d'un fils déçu ? Il y aura désormais un océan d'eau, de larmes, de déception entre la Zarzuela et lui.

On pourrait croire Felipe ingrat. À l'image de la majorité des Espagnols à l'égard de Juan Carlos. Est-il un fils indigne afin d'être un monarque digne ? Est-ce l'effet inéluctable du pouvoir sur l'homme, qui assèche les cœurs ? Ou la fonction sacrificielle des rois acculés à toutes les abnégations pour la Couronne ? Juan Carlos est un roi déchu mais il est avant tout un père répudié. Peut-être que son plus grand échec réside finalement là, dans ce reniement. Héros politique côté face ; antihéros patriarcal côté pile.

Son expatriation, à l'aube du 3 août, fut une stupéfaction. Pour moi et pour l'Espagne. Juan Carlos avait décidément l'art de nous prendre tous au dépourvu. Cela tomba la veille de mon départ en vacances, un changement d'air après un long confinement parisien, que j'attendais tant. J'ai d'abord pensé qu'il avait lui aussi besoin de changer d'air, qu'il devait être las de ces critiques permanentes dans la presse, blessé du manque de reconnaissance d'un royaume pour lequel il avait tant œuvré, meurtri par la distance établie par le nouveau couple royal, blasé des intrigues du palais. Les palais regorgent de conjurations et de machinations depuis que la monarchie existe. Comme il ne fait rien comme les autres monarques, comme il s'est forgé un destin plein de péripéties, je l'ai mis sur le compte d'un énième coup de théâtre, une sortie de scène grandiose.

Pour le gouvernement, ce fut une aubaine. Il exploita politiquement les erreurs de Juan Carlos, une distraction qui tombait à point pour éviter de répondre de sa gestion de la pandémie ou des comptes de campagne douteux. Une occasion aussi d'ériger des « ennemis du peuple » et de semer le doute sur le bon fonctionnement de la monarchie constitutionnelle. Après avoir juré sur la Constitution et devant le roi pour devenir ministres. Les Espagnols s'engouffrèrent aussi avec ardeur dans la polémique royale.

Juan Carlos n'a pas commis de crime pénal, de meurtre, de vol, de viol. Il a accepté un cadeau difficile à refuser de la part du feu roi d'Arabie saoudite, planqué de l'argent, voyagé en jet privé grâce aux largesses de son cousin, utilisé une carte bleue mise à sa disposition par un ami entrepreneur pour régler les dépenses de sa famille, allant du cheval de sa petite-fille aux séjours à Londres de sa femme. Il a agi en jouisseur, se considérant intouchable, au-dessus des lois. Les sommes en jeu ont heurté un pays en difficulté qui, après avoir valorisé la flambe, s'est douloureusement installé dans la parcimonie. Le train de vie de Juan Carlos ne relève pas des deniers du contribuable mais ne se montre pas à l'unisson avec ce que traverse l'Espagne. Péché de désinvolture.

Notre roi retraité ne vit pas comme la majorité de ses concitoyens mais comme ses pairs, comme les chefs d'État à la retraite qui monnayent des conférences bidons à prix d'or, comme les P-DG d'entreprises internationales aux organigrammes astucieux permettant l'évasion fiscale, comme ses cousins sur leurs domaines seigneuriaux. Mon héros termine son existence en roi entretenu. Est-ce choquant ? Aurions-nous préféré un monarque ennuyeux et exemplaire ? Maintenant que nous sommes tous devenus moralisateurs, bien sûr. Lui semble nous dire que la vie est trop courte pour la vivre de manière irréprochable, qu'après autant de sacrifices et de succès politiques pour l'Espagne, il a le droit de vivre de manière insouciante. Comme s'il cherchait finalement à renier son aura. L'oisiveté est-elle mère de tous les vices ?

Je me demande s'il n'est pas un homme d'affaires contrarié, ou même raté. L'adrénaline de l'action politique relayée par l'adrénaline du business. Chercha-t-il à compenser les humiliations de son enfance, lorsqu'il dépendait de certains aristocrates qui ont assuré son train de vie ? Cette anecdote qu'il m'a racontée autrefois me revient : « Pour nous, l'argent a toujours été un sujet de préoccupation. J'avais cinq ou six ans quand j'ai fait la première mauvaise affaire de ma vie. C'était à Lausanne. Un Espagnol était venu voir mon père et m'avait offert un stylo à plume en or. Devant l'hôtel Royal où nous étions descendus, il y avait une boutique de bonbons et de chocolats. Comme je n'avais jamais un centime en poche, j'ai eu la lumineuse idée d'aller voir le portier de l'hôtel pour lui vendre mon stylo. Il m'a donné cinq francs et je me suis précipité dans la boutique pour acheter des bonbons. Lorsque mon père l'a appris, il est allé voir le portier, lui a donné dix francs et a récupéré la plume. Il m'a dit d'un ton très sévère : "Tu m'as fait perdre cinq francs." » Depuis, répare-t-il ? Tout ça pour ça ? Il est difficile d'être formidable et irréprochable sur la durée quand on a tout prouvé avant ses quarante ans.

Après avoir accompli sa mission historique, le roi, acculé à un rôle symbolique, a trouvé d'autres sources de stimulation. « Sera-ce plus simplement l'âge, la maladie, la fatigue, le désabusement qui nous dit que, si tout est vain, la vertu aussi ? » se demande Hadrien dans les *Mémoires* de Yourcenar. « Tu n'aurais pas dû vieillir avant que d'être sage », dit le fou au roi Lear. Juan Carlos a vieilli avant de devenir sage. Ou plutôt, il a été si sage durant sa jeunesse qu'il a décidé de rattraper le temps perdu, avec le sentiment du devoir accompli. Son allocation annuelle de 200 000 euros ne suffisait-elle pas à assurer le standing d'un clan habitué à ce confort dont il est le pourvoyeur principal ? N'avait-il pas un patrimoine personnel suffisant pour subvenir à ses caprices ? Il est officiellement le seul monarque européen à ne rien posséder en propre. Les rumeurs pullulent sur l'étendue de ses avoirs, l'héritage de son père don Juan, les cadeaux reçus. Parler d'argent, dans les meilleures familles, ne se fait pas à table, et encore moins en public...

En plus de se révéler un roi entretenu, mon héros termine aussi sa carrière de *Libertador* en évadé fiscal. Cette faute a depuis été réparée puisqu'il a payé des arriérés d'impôts grâce à la contribution d'amis fidèles et nantis. La justice suisse – qui lave désormais plus blanc que blanc pour redorer l'image de son pays aux coffres-forts bien scellés – et la justice espagnole cherchent à l'inculper mais, pour l'heure, l'enquête s'enlise. Il jouissait d'une impunité lorsqu'il était chef d'État en exercice – une impunité critiquée et critiquable mais intangible – et, depuis son abdication, bénéficie de la présomption d'innocence. Mais notre société bavarde et accusatrice juge plus vite que la justice. Sans nuance ni pondération. Et cette voix collective a plus de poids que celle d'un seul magistrat impartial. Juan Carlos est devenu le bouc émissaire d'une société autrefois laxiste qui se prétend aujourd'hui exemplaire.

Personne ne s'est hasardé à le défendre. Même pas son fils qui a hérité de ses privilèges, même pas sa génération à laquelle il a offert la liberté et la stabilité, même pas les chefs d'entreprise à qui il a facilité tant de contrats à l'international. On a entendu de loin quelques voix de fidèles et de rares monarchistes; rien de signifiant. Et le mot « république » a été remis à la mode. Même si la première ne dura que deux années tumultueuses (1873-1874) et la seconde s'acheva après cinq ans par une guerre civile.

2

Juan Carlos a décampé mais on ne sait pas où. Rajoutant du mystère à la stupeur. Même Hollywood n'aurait pas imaginé un tel scénario : un roi disparaît sans laisser de trace. On le traque au Portugal, en République dominicaine, en Nouvelle-Zélande, au Maroc, sur un bateau. Durant deux semaines, l'Espagne cherche son roi. Un peu comme la France rechercha de Gaulle lorsqu'il s'évapora en hélicoptère une journée de Mai 68. L'absence soudaine et inexpliquée du père de la nation a plus d'effet qu'un discours. La Maison royale s'est enfermée dans le silence pour faire monter encore plus le suspense. Ou est-ce pour mieux marquer son indifférence quant au sort de cet ancêtre incontrôlable et insupportable ? « Il s'agit d'un déplacement d'ordre privé », prétextent-ils. Le pays a perdu son souffre-douleur et s'enlise dans des débats comptables du genre : qui a payé son voyage et sa sécurité ? qui va financer son séjour à l'étranger ? Tout sonne si mesquin face à la radicalité du geste royal : un homme à l'envergure historique réduit à des calculs de boutiquaire. C'est alors que je lui ai écrit une lettre, publiée dans la presse espagnole et française :

Estimada Majestad,

Estimado Don Juan Carlos,

Je vous écris par cette voie car vous êtes parti sans laisser d'adresse...

Vous avez donc décidé de filer par la porte de derrière, de renouer avec l'exil de votre enfance, pour sauver les meubles, ne pas encombrer votre fils, ne pas affaiblir la Couronne. Tout cela à cause d'une femme de vingt-six ans votre cadette, bien trop bavarde et manipulatrice, et des histoires présumées de pots-de-vin aux montants astronomiques. En tant que Française, qui a grandi sous Mitterrand qui entretenait deux familles, et qui a côtoyé trop d'hommes politiques à la vie personnelle dissolue, je ne peux pas vous reprocher d'avoir eu des maîtresses. Ici on s'inquiète plutôt que notre chef d'État Emmanuel Macron n'en ait pas. Comme si conquérir le pouvoir allait forcément de pair avec la conquête de femmes. Et vous avez une réputation de Bourbon à tenir, en digne descendant de Louis XIV. Mais votre cœur ne vous a pas dicté le choix le plus sage. La vieillesse vous a poussé à jouer avec le feu, au lieu de jouer aux cartes tranquillement à la maison, entre votre admirable épouse et vos adorables petits-enfants, avec la satisfaction d'avoir mis le pays sur le droit chemin de la démocratie. « Familles, je vous hais ! Foyers clos ; portes refermées ; possessions jalouses du bonheur », disait André Gide. Vous aussi, vous haïssez le huis clos du palais. Vous y avez passé de trop longues années de solitude sous Franco, sous surveillance, sans autre choix que d'attendre votre heure et de compter vos alliés et vos ennemis. L'appel de l'aventure l'a emporté sur la prudence et la bienséance. Mais humilier publiquement l'irréprochable reine Sofia vous sera toujours imputable : les Espagnoles ont souffert avec elle votre manque de tact et de discrétion. Et dès lors que votre vie privée a déteint sur votre fonction de chef d'État, vous étiez à mes yeux condamnable.

Vous avez cumulé les égarements. Les Espagnols ont oublié que, grâce à vous, l'Espagne est le seul pays européen à ne pas avoir subi de pénurie de pétrole lors des chocs pétroliers des années 70. Vous avez personnellement négocié avec le roi d'Arabie saoudite, votre « frère », la livraison de barils à un prix préférentiel. On dit que vous auriez alors peut-être touché un peu pour ce service rendu à la nation mais dans l'Espagne franquiste, où la corruption était généralisée, cela passa inaperçu. Ce fut la première tentation à laquelle il fut difficile de résister, et qui aura sans doute ouvert la porte à d'autres, encore plus malheureuses. Les relations entre monarchies restent impénétrables. La seule certitude, la solidarité entre familles royales constitue une diplomatie efficace : loger le cousin en exil, aider financièrement l'autre cousin en difficulté, envoyer des cadeaux extravagants pour affirmer sa puissance ou rendre service... D'ailleurs, les chefs du gouvernement doivent être contents de passer leurs vacances d'été dans une villa à Lanzarote qui vous a été offerte par votre ami intime le feu roi Hussein de Jordanie. Vous ont-ils au moins remercié ? Les bonnes manières se perdent de nos jours... Mais vous, l'animal politique qui avez si bien perçu les attentes des Espagnols en 1975, vous n'avez pas compris que le pays attend maintenant transparence, exemplarité, et surtout une cohérence entre le discours officiel et les actes. Las des cas de corruption qui concernent trop de partis et d'hommes politiques, qui ne sont pas prompts à démissionner et encore moins à s'exiler... La dignité ne les effleure que rarement. C'est d'ailleurs curieux que Pablo Iglesias (dirigeant du parti d'extrême gauche Podemos et second vice-président du gouvernement), dont la relation avec le Venezuela de Chávez est connue, et dont on soupçonne pour son parti l'existence d'une caisse noire, soit le plus véhément à votre égard. L'introspection ne doit pas être son fort. Mais je ne vous écris pas pour vous faire la morale, une morale qui change selon les époques. Car, il y a vingt ans, les entreprises pour lesquelles vous avez décroché des contrats étaient ravies. On ne les entend pas beaucoup commenter votre affaire d'ailleurs… et actuellement, avec la pandémie, elles seraient sûrement heureuses que Pedro Sánchez (chef du gouvernement socialiste) ou Felipe leur ouvrent de nouveaux marchés à l'international.

Après avoir incarné « le moteur du changement », modernisé l'Espagne – sans vous, y aurait-il eu le génie d'Almodóvar et la Movida ? –, après avoir réussi la gageure d'intégrer l'Espagne à la Communauté européenne qui n'en voulait pas, assuré au pays des heures glorieuses – je me souviens encore avec émotion de l'inauguration de l'Expo 92 et des JO –, restauré la place de l'Espagne sur la scène internationale – le discours écrit par Jorge Semprun que vous avez lu dans votre français parfait à l'Assemblée nationale cristallise l'excellence espagnole –, vous avez raté votre sortie de scène… vous avez renoué avec le destin tragique de vos ancêtres : votre grand-père est mort à Rome, amer d'avoir abandonné l'Espagne, et votre père ne fut jamais roi. Comme si vous ne pouviez pas échapper à la prédestination familiale à la souffrance. Une de vos failles est d'avoir manqué. Manqué d'affection et manqué d'argent. Alors que vos frères et sœurs partaient s'installer à Estoril avec vos parents, vous étiez abandonné dans un internat suisse aussi strict qu'austère. Pire encore, au nom de la Couronne, votre père vous a envoyé à l'âge de dix ans en Espagne, sous l'égide de Franco, l'ennemi qui barrait la route vers le trône. On vous a volé votre enfance au nom de la monarchie. Et aujourd'hui, elle vous vole aussi votre retraite dorée. Vous n'avez jamais eu le droit d'avoir des états d'âme mais je suis sûre que, en quittant l'Espagne, vous avez tout de même eu le cœur lourd.

Votre père était financièrement dépendant des largesses de quelques aristocrates et Franco ne s'est pas montré généreux à votre égard. Même la consommation de sodas vous était rationnée ! Vous n'avez pas été gâté ; à vos débuts, l'argent vous a même manqué. Et malheureusement, pour compenser, vous aimez ce qui brille. Votre discours d'exemplarité est resté lettre morte jusqu'à ce que votre fils le concrétise. En cela, vous aurez réussi votre succession. Vous n'êtes en revanche pas très attaché au protocole monarchique. Je suis habituée aux dorures des palais de la République française et au cérémoniel fastueux, car on a certes coupé la tête au roi mais on a quand même gardé le décorum. Je vous ai fait part de ma surprise de vous voir débarquer sans être annoncé. « C'est vrai que le président de la République française vit plus comme un roi que moi ! » avez-vous reconnu dans un éclat de rire. Une vitalité incroyable se dégageait de vos éclats de rire. Vous preniez soin de cacher vos douleurs liées à vos opérations de la hanche. Chaque mouvement était douloureux mais n'entamait en rien votre bonne humeur, votre sens de l'humour et votre courtoisie. Peut-être est-ce là que réside la grandeur ? Toujours modeste dans votre action politique, je devais sans cesse vous rappeler que vous étiez le héros du documentaire que je préparais. « Je n'ai fait que mon devoir », répétiez-vous sans jamais vous mettre en avant dans le processus de transition, reconnaissant d'avoir pu compter sur des alliés, de véritables hommes d'État : Adolfo Suárez, Torcuato Fernández-Miranda, Santiago Carrillo, Felipe González, Alfonso Guerra. Ils sont rares aujourd'hui ; ce n'est plus guère à la mode… […]

Majesté, patientez. Regardez Churchill qui perdit les élections au lendemain de la guerre. Ou de Gaulle, évincé par Mai 68. Ils sont depuis entrés dans la légende. Aujourd'hui, de gauche comme de droite, ils se réclament tous de leur héritage respectif. Dans quelques décennies, une autre génération d'Espagnols se souviendra de vous comme de l'homme qui incarna la réconciliation, la modernisation, la démocratie. Et peut-être même qu'ils vous remercieront. En attendant, l'opprobre est amer. Finalement, votre destin aura toujours été hors du commun.

Je pensais ainsi conclure ma relation avec le roi, qui avait sûrement déjà trop duré. Par faiblesse ? Par fidélité aveugle ? Du fait de mon attachement à la grande Histoire, à la grande politique. Par respect pour un totem, un père fondateur. Et il y a de la grandeur dans le pardon. Ne pourrait-on pas mesurer la puissance d'une nation à son aptitude à la rédemption ? De Gaulle épargne la peine de mort à Pétain, notre héros de la Première Guerre mondiale et notre honte de la Seconde, qui terminera finalement sa vie assigné à résidence à l'île d'Yeu. « Il est lamentable pour la France, au nom du passé et de la réconciliation nationale indispensable, qu'on laisse mourir en prison le dernier maréchal », déclara notre général au sujet de Pétain, pourtant son adversaire irréconciliable, dont « la vieillesse fut un naufrage ». Difficile d'accepter de voir Juan Carlos, dans un crépuscule aux allures d'errement amoral, finir sa vie ostracisé. Il fut un temps où le monarque renvoyait en calèche dans son château de province un noble indigne banni de la cour ; aujourd'hui, c'est le roi qui est renvoyé en jet privé à l'autre bout du monde sous la pression des réseaux sociaux. Un statut sur siège éjectable.

3

Deux semaines après son départ, face à une pression médiatique intenable, la Zarzuela a finalement révélé le nouveau lieu de résidence de Juan Carlos : Abou Dhabi. Et pour la première fois, j'ai vacillé. Je n'ai pas compris ce choix, que j'ai perçu comme la provocation de trop. Je sais que l'Espagne est historiquement reliée au monde arabe au nom des huit siècles d'intense cohabitation de l'Al-Andalus (entre 711 et 1492), je sais que Juan Carlos est considéré comme un « frère » par les chefs d'État de cette région, qu'il a tissé des liens personnels étroits avec certains, comme le roi du Maroc ou de Jordanie, qu'il y a ouvert des marchés à de nombreuses entreprises espagnoles, mais de là à s'y installer… alors que les Espagnols lui reprochent les 100 millions de dollars planqués en Suisse, provenant justement d'Arabie saoudite. Pourquoi retourner sur les lieux du crime ? Pourquoi choisir cette culture, bien loin des standards occidentaux des droits de l'homme, pour entamer une nouvelle vie ? Pourquoi s'enfermer dans ce luxe outrancier, dans cette société intolérante ? Ce jour-là, Juan Carlos m'a perdue... Son départ de son royaume me semblait un contresens ; sa destination, une hérésie. Face à tant d'inconséquence, je pensais vraiment en rester là. Je me sentais déçue, trahie. Rafael Spottorno, qui n'approuvait pas non plus ce choix, tenta cependant de m'expliquer les liens qui unissaient notre roi expatrié au cheikh Mohammed ben Zayed, un homme intelligent et visionnaire, l'accord historique avec Israël, la sûreté et la confidentialité offertes à Juan Carlos, qui devait jongler avec la Covid et les paparazzis, l'excellence de ses hôpitaux. Je restais hermétique à tous les arguments.

J'aurais évidemment préféré une déchéance plus *old school* : un vieux manoir isolé un peu décrépit et romantique, des Goya et des Velázquez, un feu de cheminée, une cour d'amis sophistiqués et détachés des vanités, une atmosphère feutrée, une vie discrète et paisible. Attendre sur le banc de touche que la justice fasse son travail, que les Espagnols changent d'avis, que le gouvernement se calme. Un retrait monacal et débonnaire, que les paparazzis se seraient lassés de photographier à force de quotidien royal trivial. Une manière d'assumer la banalité des faits reprochés – maîtresse et magot, n'est-ce pas un classique dans la liturgie du pouvoir ? – en banalisant la répudiation. Juan Carlos a choisi une voie radicale, extrême même. J'oscille entre la déception et l'incompréhension. J'ai grandi dans le huis clos innocent et privilégié des bibliothèques, où l'argent n'était pas une valeur mais un outil de liberté : je ne suis pas équipée pour comprendre. Je ne voulais plus rien savoir. Sauf encore un détail... et celui-là serait bien le dernier.

Comment Corinna Larsen, son ancienne « tendre amie » (comme elle se qualifie elle-même), s'était-elle débrouillée pour recevoir en cadeau du roi 65 millions d'euros sur son compte en banque suisse après le scandale de la chasse à l'éléphant ? Elle aurait pu demander des bijoux, des tableaux, une villa avec piscine, des chevaux de course. Elle a opté pour du cash, « un don qui a une valeur sentimentale », expliqua-t-elle dans la presse. Une œuvre d'art n'est-elle pas plus chargée de « valeur sentimentale » qu'une liasse de billets ? Elle poursuit : « J'ai été très surprise. J'ai trouvé cela extrêmement généreux et suis allée en Espagne pour le remercier. » Elle semble décidément admirable de dévotion et de politesse. Dans la joie et l'émotion, elle oublia de demander l'origine des fonds. Sans doute une broutille pour elle, mais qui ne l'est pas pour la justice suisse : elle se retrouve mise en examen pour blanchiment d'argent. Et depuis défend sa cause grâce à une campagne médiatique aux allures de règlement de comptes avec la famille royale, à coups d'arguments souvent rocambolesques. Elle gagne alors le surnom de « Corinnavirus » à la cour d'Espagne.

Corinna Larsen, qui essaie encore de se faire appeler princesse de Sayn-Wittgenstein, du nom de son second ex-époux, un aristocrate allemand de douze ans son cadet et père de son fils, reste une énigme fascinante. Ses yeux clairs de biche, sa bouche ourlée, son sourire de pub pour dentifrice, sa ligne de mannequin, son brushing blond impeccable, ses poses enjôleuses pourraient faire d'elle une caricature de la mondaine qui a réussi à se faire une place dans le beau monde. Mais elle occupe aussi un rôle lucratif d'intermédiaire dans des affaires plus ou moins sombres, avec beaucoup de zéros, en Arabie saoudite ou ailleurs. Elle cumule sens des affaires et art de la séduction : une alliance imparable. Elle s'est avérée d'une efficacité redoutable. Elle doit tout à sa ténacité, à son audace. Grâce à elle, j'ai appris qu'on pouvait vivre entre un pied-à-terre à Monaco, un chalet en Suisse et une maison près de Buckingham Palace, passer des semaines dans des cliniques de soins esthétiques, vivre entourée d'une nuée d'avocats, assistantes, stylistes, coiffeuses, sans être actrice ou *people*. J'ai voulu la connaître pour déceler ses secrets, pour comprendre les ressorts d'une Pompadour version XXIᵉ siècle. Je me préparais même à lui proposer d'écrire un livre sur « profession : courtisane royale », best-seller garanti. Ma demande fut rejetée. Malheureusement.

4

En fin d'un de ces jours tristes et pluvieux de la mi-novembre sous confinement, mon portable sonne. Je ne reconnais pas le numéro mais par curiosité je décroche :

« Laurence ?

– Oui.

– C'est Juan Carlos.

– …

– Le roi !

– C'est une blague ?

– Je voulais te remercier pour ton article. Comment vas-tu ? Comment vont tes enfants ?

– On vit confinés à Paris, rien de très amusant.

– Là où je suis, il n'y a pas de virus.

– Vous en avez de la chance… Ça, c'est un vrai privilège de roi ! »

De nombreuses conversations spontanées, décousues suivirent. Je me souviens de quelques bribes :

« Vous ne vous sentez pas seul ?

– J'ai des bons amis ici.

– Allez-vous revenir bientôt ?

– Je ne sais pas du tout. Certains sont très contents que je sois parti !

– Mais quelle idée de partir, franchement… Je me demande bien qui vous a conseillé de le faire !

– Je faisais face à beaucoup de pressions.

– J'imagine que le gouvernement a insisté auprès de votre fils, mais il n'aurait pas dû céder. On présente ce geste comme une preuve de solidité de la monarchie, mais je le vois comme une preuve de faiblesse. Quand on est chef d'État, il faut savoir résister au courant. Vous le savez bien. Vous n'auriez jamais désigné Adolfo Suárez chef du gouvernement pour faire la Transition, vous n'auriez pas non plus légalisé le Parti communiste, si vous aviez écouté l'opinion publique. Peut-être même que sans vous à ses côtés, sans votre héritage politique et symbolique, Felipe est plus faible face aux Républicains. »

La critique est facile quand on ne se trouve pas aux commandes, confronté à l'implacabilité de la décision.

« Pourquoi êtes-vous allé à Abou Dhabi ? Vous auriez pu juste quitter la Zarzuela et vous installer par exemple en Galice, là où vous avez vos amis navigateurs et votre bateau.

– J'aurais été poursuivi partout par les journalistes. D'ici, je ne gêne pas la Couronne. »

Je comprends qu'il ne veut pas devenir une Lady Di en version papi et qu'il se fait oublier pour laisser son fils régner en paix.

« Que fais-tu ? Raconte-moi ta vie. »

Il continue à s'intéresser aux autres, ce qui m'a toujours semblé surprenant.

« J'ai une vie très sage et embêtante. Je m'occupe de mes enfants, je fais beaucoup de courses car les restaurants sont fermés, j'écris, je mate les voisins d'en face, je lis, je dors avec mon chat, je regarde la pluie tomber avec dépit. Le confinement m'a rendue casanière, ennuyeuse et parfois triste. »

J'espère susciter en lui un peu de commisération… moi je rêve d'une balade sans masque au soleil et lui, de retrouver l'hiver madrilène. C'est le monde à l'envers.

« Il n'y a que vous pour vous impatienter d'aller en Espagne ! Il y a la Covid, la crise… Le pays ne fait plus rêver ! On aimerait tous échapper à la pandémie, et vous, vous voulez revenir. »

Je crois même que je lui dis que personne ne l'attend en Espagne, ni le gouvernement, ni son fils, ni l'opinion publique.

« Vous ne pouvez pas rentrer aussi brutalement que vous êtes parti.

– Il suffit que je prenne l'avion ! »

C'est vrai que rien ne l'empêche d'aller chez lui, aucune imputation, aucune condamnation. Il n'est pas exilé mais expatrié, pour un temps provisoire et indéfini.

« Vous devez parler aux Espagnols, ils ont besoin de comprendre. Il faut vous justifier. On mérite tous des explications. Et pensez à construire votre légende, Majesté. Personne ne le fera pour vous.

– Les institutions que j'ai laissées devraient suffire. Elles parlent d'elles-mêmes. Mais c'est vrai, on détruit plus facilement les institutions qu'on ne les construit. »

De Gaulle à la Boisserie, Napoléon à Sainte-Hélène, Churchill à Chartwell. Des grands chefs d'État qui se sont retrouvés reclus pour rédiger le bilan de leur vie. Passage obligé pour entrer dans l'Histoire. Entamera-t-il enfin ce dialogue avec lui-même ? Est-ce qu'il y aura un jour un Juan Carlos à Abou Dhabi ?

Il continue d'occuper une grande place dans les médias espagnols, attentifs à ce que le roi émérite ne bénéficie d'aucun traitement de faveur. On s'acharne aussi à débaptiser ses rues, ses places, ses monuments. On fait le ménage, on enlève toute impureté symbolique, mais Juan Carlos obsède le pays. Son ombre plane encore et toujours, même s'il est à l'autre bout du monde en pénitence dans une prison dorée. En France, on assure un certain statut à ses anciens chefs d'État, qu'on les apprécie parfois davantage dès lors qu'ils ne sont plus au pouvoir : bureau, secrétariat, chauffeur, gardes du corps, appartement de fonction, voyages gratuits, siège au Conseil constitutionnel... même quand ils sont mis en examen. Les Français acceptent ces privilèges comme un droit acquis, gagné à coups de campagnes électorales. En Espagne, la sécurité dont bénéficie le roi émérite est source de débats : les Espagnols doivent-ils payer pour ce service ? Juan Carlos devrait peut-être rouler à bicyclette, répondre lui-même à son courrier et faire la queue au supermarché. Comme dans les pays nordiques, protestants et vertueux. Redevenir un citoyen normal. Or ce roi, même à la retraite, même critiqué, même déchu, impressionne. Et m'a impressionné. Croiser Hollande ou Sarkozy ne fait pas le même effet. Ils ont, comme Juan Carlos, un abord sympathique et des soucis amoureux, mais ils sont dépourvus d'aura. Alors qu'ils bénéficient de plus de protocole à l'Élysée qu'à la Zarzuela. Ce sont de malins gestionnaires du pouvoir. Ils ne portent pas l'Histoire en eux. Ils n'ont pas changé la face de la France. Juan Carlos personnifie l'Espagne démocratique. Je suis presque embarrassée pour l'Espagne, qui agit en digne héritière de l'Inquisition et ne se soucie guère de l'image qu'elle renvoie sur la scène internationale. S'il lui arrivait un accident, les Espagnols se plaindraient-ils de recevoir la note de l'hôpital ou de devoir le rapatrier ?

Dimanche, de retour du marché. Je m'affaire dans la cuisine. Le téléphone sonne. Il est évidemment au fond de mon sac. Je m'exaspère et décroche sans regarder qui appelle.

« Je suis en train de lire un article dans lequel tu dis que, si j'étais mort avant la chasse au Botswana, je serais mort en héros. Mais je vais très bien, tu sais... » dit-il, hilare. Je suis affreusement gênée. Je n'imaginais pas qu'il lisait les articles sur lui. Je réponds, en bredouillant : « Je pense réellement que vous êtes passé de héros à paria après la chasse, et ça a dû être très brutal pour vous. »

Des appels à l'improviste, des échanges sur WhatsApp. Nous sommes confinés à la même enseigne, lui dans le désert et le luxe, moi à Paris devenue une coquille vide. Lui paie pour ses affaires, et nous, pour la planète malmenée. Nous sommes tous en contrition dans un monde suspendu. Son destin est aussi incertain que le nôtre finalement.

Je ne peux pas m'empêcher d'être moralisatrice, même avec lui :

« Majesté, il ne faut plus chasser, ce n'est plus une activité politiquement correcte. Même l'Élysée a dû fermer ses chasses. Et les chasses à courre sont très mal vues. De nos jours, on doit manger des légumes bio et rouler en voiture électrique. Il faut que vous vous adaptiez à l'air du temps… On ne vit plus comme dans les années 80 ! Les valeurs ont changé. »

Je lui demande s'il fait comme tout le monde, s'il regarde des séries. Il suit les nouvelles à la télé mais n'a jamais vu de série. Je suis atterrée. Depuis le confinement, je commente les séries, je suis à l'affût de conseils de séries, mon monde tourne autour de séries. Tant pis, je ne parlerai pas avec lui de la dernière saison de *The Crown*. J'aurais bien voulu savoir ce qu'il pensait de ses cousins ainsi mis en scène. Il évolue décidément dans un autre monde, là où Netflix n'a pas prise sur le temps de cerveau disponible.

Je le préviens tout de même :

« J'écris un livre sur vous.

– C'est une très bonne idée. »

Nous en sommes restés là. Et si, finalement, il n'avait plus rien à ajouter… Il est difficile de sortir de l'Histoire.

VIII

Est-ce l'île d'Elbe ou Sainte-Hélène ?

2021

1

Aux Émirats arabes unis, a priori tout me dérange : le luxe décomplexé, l'hypermodernité arrogante, la chaleur suffocante l'été, le vertige des buildings, une monarchie autocratique, un bord de mer factice… autant de clichés qui me détournaient de cette partie du monde. Une nation qui n'a que cinquante ans, composée à quatre-vingt-dix pour cent d'émigrés, peut-elle vraiment être un pays ou est-ce plutôt un campement où il est bon de faire du business ? Puis vint la pandémie qui m'a désaxée. Toutes mes certitudes ont valsé. Chaque vague de Covid emportait avec elle une flopée de convictions : Européenne convaincue, je ne pouvais que constater que l'Europe n'avait pas assez de vaccins ; Parisienne de cœur, je ne pouvais que constater que ma ville devenait laide, sale et dysfonctionnelle ; d'un caractère solitaire, je ne pouvais que constater que mes amis étaient les lumières de mes jours. Je m'étais trompée sur tout. Et sur le roi aussi ? Pour fuir l'immobilisme, le découragement, Zoom et les attestations, j'ai filé. Encouragée par mon beau-frère Franklin et des amis qui me recevaient avec le sourire et l'énergie d'antan, de prépandémie, je suis allée me confronter à cet autre univers, efficace, pratique, bouillonnant, et qui vaccine aussi vite qu'il construit. Arriver aux Émirats arabes unis, après un an de confinement, revient à atterrir sur une autre planète. Un Far West du désert, fait d'autoroutes à cinq voies à moitié vides, de centres commerciaux, d'immeubles poussant comme des champignons. Qui nous renvoie à la face sa vitalité et son modernisme alors que nous avons arrêté de progresser.

J'ai retrouvé mon roi expatrié. Libéré de son image et de son royaume. Goûte-t-il à une seconde jeunesse ? Ou se morfond-il loin des siens ? Plus aucune information officielle ne filtre sur Juan Carlos. Les rumeurs et les contre-vérités dans la presse compensent le silence imposé par la Maison royale. Comme s'il pouvait avoir des effets réparateurs. L'oubli comme gage de respectabilité retrouvée.

Je pensais le retrouver dans un palais émirati un peu kitsch, une mini-Zarzuela au milieu des sables. Un palais, probablement plus moderne et luxueux que la version madrilène, mais avec l'identique chorégraphie de gardes à l'entrée, d'un chef de la Maison royale en intermédiaire, d'un ballet de majordomes et d'aides de camp, de rendez-vous minutés dans un grand bureau, de sourires qui sonnent faux. J'imaginais que mon roi restait un souverain, dans un château, même à l'autre bout du monde. Qu'il était parti justement pour pouvoir rester un monarque respecté. Trop attaqué en Espagne, il était traité avec les égards dus à son rang par ces cheikhs qui ont le sens de l'amitié et de l'honneur, et qui n'ont que faire des impôts. Un roi poursuivi par son administration fiscale doit leur sembler une situation surréaliste. Heureusement qu'ils étaient là pour réparer l'ingratitude et la mesquinerie de la vieille Europe. Mais mon héros a choisi un lieu discret, éloigné, et je suis désarçonnée.

Le roi est de dos, attablé. Il est penché sur une tablette. Il préside une longue table jonchée de papiers, journaux, dossiers. Il se retourne. C'est bien lui. Il ouvre les bras. Je m'approche, masquée. Je pensais lui faire une révérence de loin, précautions sanitaires obligent. Il me dit d'enlever le masque et de venir l'embrasser. Avec lui, il faut vivre comme avant. Il a toujours aimé le risque. Au point d'accepter de me recevoir. La sagesse, la prudence, les calculs, il ne doit même pas connaître. Cela fait un an que je ne fais plus la bise à un ami. Grâce à lui, je renoue avec cette sensation même furtive de proximité et d'intimité oubliée. Je retrouve l'homme spontané et chaleureux. En cela, rien n'a changé. Il n'a pas peur de la Covid, il est d'ailleurs vacciné. A-t-il un jour dans sa vie connu la crainte ? Il garde cet aplomb qui dégage une force indomptable. Ce mélange d'autorité et de bonhomie qui fait son charme.

Le roi n'est pas habillé en roi. Même pas en chemise. Décidément, le confinement a eu un impact vestimentaire pour tous. Polo blanc trop large, veste légère sans manches, pantalon de toile, tennis noires. On pourrait le confondre avec un touriste américain, du genre banquier de Manhattan à la retraite en vadrouille en Floride. Je ne sais pas si son polo est bien trop grand ou s'il a énormément maigri. « J'ai perdu douze kilos », se vante-t-il. Mais il a oublié de changer la taille de ses vêtements. Il n'a plus du tout le visage bouffi par les médicaments. Ses mains sont toujours aussi fines et soignées. Il affiche un air serein et une mine saine, légèrement hâlée. La seule chose qui me frappe, ce sont ses yeux. Autrefois d'un bleu éclatant, ses pupilles se sont voilées de gris clair. Le temps fane les couleurs. Et la lueur triste qu'on pouvait y déceler est désormais flagrante. Heureusement que son rire d'enfant, franc, doux, illumine de temps en temps la pièce. Comme pour signaler que sa force vitale reste intacte malgré les imprévus du destin. Ce n'est que lorsqu'il devra quitter sa chaise et marcher que je me rendrai compte de sa faiblesse physique. Ses diverses prothèses ont laissé des séquelles sur sa mobilité. Il se lève péniblement et avance d'un pas incertain à l'aide d'une canne. Le poids de sa peine et de son sort surgit alors. Mais, envers et contre tout, il garde ses manières de gentleman. Ici, le protocole, les honneurs, la préséance ont disparu ; la courtoisie demeure. Le savoir-vivre défie l'infortune ; la galanterie du siècle dernier résiste aux usages égalitaristes et inclusifs d'aujourd'hui. J'avoue, je reste sensible à ces égards.

Juan Carlos ne cache pas son affliction. Il ne se dérobe pas. Son éloignement ne l'empêche pas d'être informé de tout, partout. L'Espagne reste évidemment au cœur de ses préoccupations. L'avenir de la monarchie, le premier de ses soucis. Il joue cartes sur table : il parle ouvertement de la situation délicate dans laquelle il se trouve. Et avec une certaine pudeur, des amis qui lui ont tourné le dos. Même ceux qui lui doivent richesse et célébrité. L'amertume ne transperce jamais ses propos. Il ne se plaint de rien, il constate, résigné. L'infante Pilar avait décidément raison. On ne se lamente jamais dans cette famille. Est-ce la messe à la Zarzuela, qu'il suit à distance par Internet, qui lui apporte cette sérénité ? Je m'amuse de le voir aussi à l'aise avec sa tablette, WhatsApp, Zoom… Un roi de quatre-vingt-trois ans décidément à la page. Sa capacité d'adaptation à toutes les situations, depuis l'enfance, est saisissante. À tous les revers de fortune, aussi. Il fait face avec dignité ; il a la force des survivants.

« Qu'est-ce qui vous manque le plus de l'Espagne ?

– La nourriture ! »

Il m'avoue comme un secret qu'un complice lui envoie du jamón serrano. Voilà, sa petite gâterie coupable qui comble à peine sa nostalgie du pays, de ses amis, des compétitions nautiques, des bons repas, de sa maison.

Faute de pouvoir parler de son avenir – un avenir incertain, en suspens – nous discutons du passé :

« Que vous a apporté le Caudillo ?

– Une classe moyenne. Sans elle, je n'aurais pas pu faire la Transition… »

Il garde cette capacité de concision fulgurante, clairvoyante.

J'avais fantasmé la grandeur d'une Couronne, la politique vertueuse d'un homme d'État. J'avais fantasmé sa vie romanesque, avec ses retournements, ses amantes, ses affaires, ses complices, ses faits d'armes et ses déboires. J'avais fantasmé son séjour en Orient. Entre conte des *Mille et une nuits* et le voyage de Flaubert. Mais là, je ne vois qu'incongruités. Tout me paraît aberrant dans cette pénitence royale. Sauf son attitude, toujours digne, combative, et son esprit, acéré et vif. Je devais bien me résoudre à enterrer mes illusions de jeunesse, celles de la noblesse et du panache en politique. Et à accepter que le monde ne tourne plus rond. Qu'il laisse même les héros, usés et démodés, à terre. J'aurais dû m'émouvoir, m'attendrir. Mais seule l'évolution normale des choses, comme la vieillesse, peut susciter ce sentiment de compassion ou d'identification qui adoucit. Je suis affligée de le voir dans cet environnement, de le constater si démuni, esseulé. La véritable solitude c'est donc ça, quand on ne peut plus compter sur la bienveillance de son pays. Un roi sans royaume, un roi déraciné, est la personnification du tragique. Même si certains ont pu garder des titres ronflants et des joyaux. Ils ont perdu leur ancrage historique, leur raison d'être. Ils incarnent le rejet. Mais Juan Carlos ne s'avoue pas vaincu. Il reste indomptable malgré tout.

J'étais venue chercher ici lumière et vitalité. J'étais venue retrouver ma figure d'attachement. Je repartais déboussolée. Laissant derrière moi un grand homme recroquevillé, abandonné à ses fautes et ses faiblesses.

2

Je le rappelle quelques jours plus tard pour le revoir. Mon coup de fil tombe mal. Il est encore très ému par l'enterrement du prince Philip d'Angleterre, son cousin par alliance.

« C'était superbe, vraiment très émouvant et élégant.

– On enterre bien en Espagne, aussi.

– L'enterrement de mon père était très beau. Maintenant, je dois penser au mien. »

L'Espagne lui organisera-t-elle des funérailles à sa mesure ?

Qui viendra ?

Remerciements

Je dois d'abord ce livre à ma mère, Elizabeth Burgos, qui m'a ouvert les portes de l'Espagne.

Je le dois aussi à mes éditeurs, Manuel Carcassonne et Alice d'Andigné, toujours amicaux, stimulants et bienveillants, qui ont soutenu ce projet avec enthousiasme, malgré le « contexte ».

J'ai eu la chance de pouvoir compter sur l'infaillible amitié d'Alfonso Guerra, sur la complicité dynamique de Caroline Mangez, sur l'efficace et fidèle disponibilité de Consuelo Saizar, sur les commentaires affûtés de Rafael Spottorno, sur les « tu devrais » de Denis Olivennes, sur la lecture avisée de Jean-Noël Pancrazi. Des bonnes fées rassurantes qui ont veillé sur mon travail. Il est si précieux de se savoir épaulée.

Je remercie Fabienne Servan-Schreiber et Miguel Courtois d'avoir rendu possible ma première rencontre avec le roi pour notre documentaire, et Edward Smith – un ami de quarante ans ! – de m'avoir guidée avec entrain aux Émirats arabes unis.

Je suis infiniment reconnaissante à Verena Tremel, ma professeure de Pilates, d'avoir sauvé mon confinement, à mon fournisseur de drogue chocolatée, Ambre & Sucre, d'avoir subvenu à mes besoins en flux tendu, et à la chaleureuse famille Binebine de m'avoir offert un port d'attache marocain exceptionnel.

Cet ouvrage a été composé
par Maury à Malesherbes
et achevé d'imprimer en France
par CPI BRODARD & TAUPIN (72200 La Flèche)
pour le compte des Éditions Stock
21, rue du Montparnasse, 75006 Paris
en septembre 2021

PAPIER À BASE DE FIBRES CERTIFIÉES

Stock s'engage pour l'environnement en réduisant l'empreinte carbone de ses livres. Celle de cet exemplaire est de : 850 g éq. CO_2
Rendez-vous sur www.editions-stock-durable.fr

Imprimé en France

Dépôt légal : septembre 2021
N° d'édition : 01 - N° d'impression : 3044881
75-51-7611/0